ŒUVRES COMPLÈTES
D. A. BARGINET,
DE GRENOBLE.

LES
DEUX SEIGNEURS
DU
VILLAGE.
HISTOIRE DE CE TEMPS.

TOME TROISIÈME.

PARIS,
MAME ET DELAUNAY-VALLÉE, LIBRAIRES,
RUE GUÉNÉGAUD, N. 25.

1829.

LES DEUX

SEIGNEURS

DU VILLAGE.

DE L'IMPRIMERIE DE LACHEVARDIÈRE,
RUE DU COLOMBIER N° 30, A PARIS.

LES DEUX

SEIGNEURS

DU VILLAGE,

Histoire de ce temps,

PAR A. BARGINET

(DE GRENOBLE).

La peste soit de l'opinion populaire ! un
homme peut la porter des deux sens, à
l'endroit et à l'envers, comme un pourpoint
de peau.

SHAKSPEARE.

TOME TROISIÈME.

PARIS,

MAME ET DELAUNAY-VALLEE, LIBRAIRES,

RUE GUÉNÉGAUD, N° 25.

M DCCC XXIX.

LES DEUX
SEIGNEURS
DU VILLAGE.

~~~~~~~~~~~~~~~~~~~~~~~~~~~~~~~~~~~~~

CHAPITRE IX.

Le Directeur de la conscience.

Au moment où M. Manuel et
Édouard sortirent du château, ils
aperçurent un homme assis sur un
pan de muraille ruinée, de l'autre
côté du chemin, et en face de la
grande entrée. Il avait été plongé
sans doute dans une profonde méditation, car, au bruit que firent les
portes massives en roulant sur leurs

gonds, il se leva brusquement, comme quelqu'un dont le sommeil est interrompu par une secousse imprévue et violente. Ses regards paraissaient égarés, et ses traits ordinairement calmes, et qui annonçaient l'insouciance et la bonne humeur, étaient pâles et troublés ; on pouvait remarquer cependant qu'il y avait autant de colère que de chagrin dans cette preuve d'agitation : c'était le brave Guillot.

— Eh bien ! Monsieur, s'écria-t-il en s'approchant d'Édouard avec vivacité, les bruits qui courent dans le pays sont-ils vrais ?... Si cela était, mille noms d'un diable ! pardon Monsieur le curé, je voudrais bien voir qu'on m'empêchât de vous défendre, et dans tous les cas de vous accompagner. Il y a déjà plus d'un bon garçon qui voulait prendre son fusil pour venir vous chercher au château, et

qui aurait brûlé quelques amorces
avant de souffrir qu'on vous menât en
prison... mille noms d'un diable!...

— Rassurez-vous, Guillot, dit
Édouard, rassurez-vous, mon cher
ami; rien de ce que vous avez pu
craindre n'est arrivé, et je ne crois pas
même avoir jamais couru aucun danger de ce genre.

— Ne plaisantons pas là-dessus,
Monsieur Édouard, je vous en prie.
C'est ce chien d'homme noir, un huissier du tribunal et le plus grand bavard
de ce régiment-là, qui a fait courir ce
bruit en s'arrêtant un moment chez
Jean Toussaint... Ne pourrait-on pas
lui frotter un peu les épaules, Monsieur Édouard?

— Y pensez-vous, Guillot? battre
un huissier pour l'amour de moi, ce
serait vous attirer une méchante affaire, et puisque les propos qu'on a
tenus sont démentis, je ne vois pas,

Guillot, pourquoi nous nous brouillerions avec la justice parcequ'un de ses officiers a la langue plus légère qu'il ne le faudrait.

— Officier! si jamais un oiseau de ce plumage a été officier!... mais *sufficit*, il n'en sera plus question, mon colonel,... je voulais dire Monsieur Édouard. Et que le diable m'emporte si je ne vous respecte pas aussi bien que si vous portiez les deux épaulettes à gros grains !

— Vous êtes certainement un homme estimable, Guillot, dit en souriant M. Manuel, et je dois vous remercier de vos bons sentiments pour Édouard; mais ne pourriez-vous, mon ami, vous dispenser d'en appeler sans cesse à l'ennemi du genre humain ?

— Je fais tout mon possible, Monsieur le curé, mais je ne puis pas plus m'empêcher de jurer que vou

de faire du bien à tout le monde. Ah !
c'est bien la vérité, mille millions de
diables !... et si quelqu'un avait pu
me guérir, c'était bien vous, Monsieur
le curé ; car, à part ce que vous dites
en chaire de temps en temps contre
ceux qui boivent un petit coup de
trop, je ne connais pas un plus brave
homme, mille noms d'un diable !...
Pardon de l'expression.

En parlant ainsi, Guillot repoussait avec son pied les cailloux qui auraient pu gêner la marche du curé et
celle de son élève, et le digne ecclésiastique ne crut pas devoir pousser
plus loin cette fois sa mercuriale ordinaire, à laquelle Guillot opposait
toujours de son côté des arguments
de la même force, et qui lui paraissaient sans réplique. Quand ils furent
au bas de la colline, M. Manuel con-
gédia Édouard, en lui disant qu'avant
de rentrer au presbytère, il avait une

visite à faire dans un certain endroit
où l'on pourrait être bien aise de savoir ce qui s'était passé au château.
Édouard comprit le sens de ces
paroles, et il suivit long-temps des
yeux son vénérable ami, qui s'était
acheminé du côté de la ferme de
Bernard.

M. Manuel ne s'était pas trompé :
sa présence était ardemment souhai-
tée et attendue avec anxiété dans la
maison de l'honorable fermier. Cécile
avait appris, par l'entremise de son
père, le motif du voyage qu'il avait
fait la veille à Grenoble avec le bon
curé ; elle savait que le moment appro-
chait où le départ d'Édouard briserait
ses plus chères espérances. Mais à ce
sujet d'affliction et de désespoir était
venue tout-à-coup se mêler une inquiétude peut-être plus grave. Le bruit
alarmant relativement à Édouard,
et qui avait excité les craintes de

Guillot, s'était aussi répandu à la ferme; et comme, par un sentiment aussi naturel que fondé, l'on préfère croire sur parole à l'impartialité de la justice que d'en faire l'essai soi-même, Cécile et son père cherchèrent vainement à se rassurer sur les suites que son intervention pouvait avoir dans l'affaire du pré. Le vieillard s'était promis de ne point quitter sa fille durant cette journée; assis auprès d'elle, il essayait de la distraire par des récits de quelques aventures de sa jeunesse; Cécile, qui devinait sa pensée, souriait tristement en le remerciant du fond de son cœur de ses intentions bienveillantes, mais inutiles. Ce fut dans ce moment que M. Manuel entra dans le pavillon, sans se faire annoncer autrement que par deux petits coups frappés légèrement à la porte.

Cécile et son père étaient trop dis-

traits par leur douleur pour remarquer
le changement qui s'était opéré dans
la physionomie du pasteur; ses in-
quiétudes habituelles avaient fait place
à une joie vive et pure qui brillait
dans ses regards. Bernard s'empressa
de lui offrir un siége et reprit silencieusement le sien ; Cécile, dont
une pénible incertitude glaçait tous
les sens, trouva à peine la force d'a-
dresser à M. Manuel quelques timides
paroles consacrées par l'usage.

—On est triste ici, dit M. Manuel
qui avait ce jour-là un air de triomphe
et de gaieté digne de remarque; est-
ce donc ainsi qu'on reçoit un messa-
ger de bonnes nouvelles?

—De bonnes nouvelles ! s'écria
Cécile en regardant le pasteur avec
un air de doute et d'étonnement; est-
ce bien pour nous, Monsieur Manuel,
que vous parlez ainsi?

—Monsieur le curé, dit Bernard

avec sa franchise et sa rondeur habituelles, ce serait à désirer, et cependant vous n'êtes pas homme à nous tromper.

— Non, ma jolie fille, non mon vieil ami, reprit le curé en caressant le couvercle de sa tabatière; ce que nous avons tous craint n'arrivera peut-être pas, ou du moins j'en ai l'espérance maintenant, et que Dieu soit loué! le départ d'Édouard est différé de quinze jours!... de quinze grands jours!

— Cela est-il possible? dit Cécile en joignant ses mains, tandis que l'incarnat le plus vif rendait quelque éclat à ses traits charmants dont une affliction vive et profonde avait altéré la fraîcheur.

—Sarpedieu! s'écria Bernard, je l'avais bien dit à Cécile que M. Édouard ne partirait pas; il y avait quelque

quelque chose là qui me l'annonçait, ajouta-t-il en se frappant le front.

— Cependant, continua M. Manuel, il ne faut pas, Jacques, nous flatter à ce point. Qui sait maintenant la détermination qu'il plaira à Dieu de suggérer à notre jeune homme? Ce qu'il y a de bien certain, c'est que nous avons un délai assez long pour espérer que pendant sa durée il peut survenir quelque évènement qui nous délivre entièrement de nos craintes.

Le curé raconta alors à Bernard ce qui venait de se passer, et l'on peut s'imaginer que Cécile ne fut pas moins attentive que son père à écouter ce récit. Elle ignorait sans doute si elle serait long-temps encore privée de la présence d'Édouard; cette idée était triste, mais la certitude qu'il ne s'éloignait point, qu'il respirait encore le même air qu'elle, lui rendait une confiance que les consolations de son père n'auraient pu rappeler dans son cœur.

Tandis qu'un peu d'espérance ramenait la joie à la ferme, une scène d'un caractère plus sérieux occupait les habitants du château. Le juge d'instruction n'avait point pris congé du général sans lui faire observer combien la conduite de M. de Saint-Ange avait été déplacée. Ce magistrat lui avait déclaré que, si son premier devoir n'était pas d'éviter un scandale dont les suites devaient être si fâcheuses, il sévirait certainement contre un jeune ecclésiastique qui avait affiché un si profond mépris pour la justice et les lois. Il crut devoir recommander aussi au général de ne point confier une autre fois la rédaction des actes de son ministère à des tiers disposés trop souvent à trahir la vérité pour des intérêts méprisables.

Cet avertissement paternel fut reçu par le général avec une impatience et

une agitation d'esprit qui n'étaient
point excitées cependant par l'austère
franchise de l'honorable magistrat;
mais il était honteux des chaînes
qu'il avait portées si long-temps, et il
se promettait en lui-même de profiter
de cette occasion pour les briser et
délivrer sa maison de l'hôte dangereux
et incommode qu'il y avait accueilli.
En ce moment l'ancienne énergie de
son caractère se manifesta dans toute
sa force. Quand le juge eut quitté le
château, il se promena à grands pas
dans le salon et se décida à ne garder
aucune mesure envers l'abbé, et à
laisser éclater la juste indignation que
sa conduite lui causait. Athénaïs était
trop émue elle-même pour chercher,
suivant son usage, à calmer son père;
elle était seule avec lui dans le salon,
où la comtesse avait été obligée de la
laisser un moment après l'étonnante
confidence qu'elle lui avait faite au

sujet d'Édouard. Elle le suivait des yeux, mais avec distraction, et la nouvelle passion qui remplissait son cœur la rendait incapable d'attacher beaucoup d'intérêt à ce qui se passait autour d'elle. Tout-à-coup le général se jeta sur un fauteuil, et comme s'il eût enfin pris une détermination positive, il tira brusquement le cordon d'une sonnette, et il ordonna au domestique qui vint s'informer de ce qu'il désirait, de prier M. l'abbé de Saint-Ange de se rendre sur-le-champ auprès de lui. A ce nom cependant Athénaïs parut sortir de sa rêverie, et ce fut alors qu'elle put remarquer avec inquiétude l'agitation extrême du général.

L'abbé ne tarda pas à se rendre à l'invitation du général ; son maintien était composé, et le calme qu'il affectait était démenti par le tremblement léger mais convulsif de ses lèvres.

— Monsieur, dit le général d'un

ton sévère, je vous ai fait demander
pour vous dire combien j'ai été offen-
sé de la conduite que vous avez cru
devoir tenir dans ma maison et en face
d'un magistrat respectable à qui
les lois donnent le droit de punir votre inconcevable légèreté, tranchons
le mot, Monsieur, votre insolence.
J'ai lieu de penser qu'à ma considé-
ration personnelle, il voudra bien oublier vos outrages ; mais moi, Monsieur, je dois veiller à ce qu'un pareil
scandale ne se renouvelle pas chez
moi, et je vous prie de vouloir bien
donner vos ordres pour votre départ
de Crossey.

Athénaïs avait les yeux baissés, son
cœur battait avec force, et l'on n'aurait pu dire si elle était plus satisfaite
qu'effrayée de la colère de son père.
L'abbé, interdit, jeta sur elle un regard où se peignait la stupeur profonde
dont il était frappé ; mais, s'aperce-

vant qu'il avait perdu de ce côté tout espoir de secours, remarque qui s'était déjà offerte à son esprit depuis plusieurs jours, il prit le parti de Tartufe au moment où, entièrement démasqué, il ne lui reste plus qu'à se montrer ce qu'il est, c'est-à-dire un monstre.

—Monsieur le comte, répondit-il en appuyant sur ce mot avec le sourire du dédain, vous ne voulez pas, sans doute, malgré le ton offensant avec lequel vous me parlez, vous n'espérez pas me confondre avec vos laquais. Je suis peu étonné de ce que j'entends aujourd'hui, et je suis fondé à croire que vous avez long-temps montré pour la religion et le roi un zèle qui commence à se lasser. Quant à la conduite que j'ai cru devoir tenir vis-à-vis d'un juge laïc, je n'ai fait que mon devoir, et ce n'est point par vous que j'aurais dû m'attendre à en être

blâmé. Donnez donc vous-même des
ordres, Monsieur, pour me chasser
de cette maison, pour abreuver d'outrages un ministre de Dieu, car bien
certainement l'intérêt puissant qui me
fit accepter vos offres quand je vous
accompagnai jusqu'ici, existe encore
tout entier et me permettra de tout
endurer plutôt que de me soumettre
à votre congé humiliant.

— Que voulez-vous dire, Monsieur?
s'écria le général au comble de la colère; oseriez-vous abuser de la confiance que j'ai eue en vous?...

— Rappelez-vous, Monsieur, reprit l'abbé d'un ton ferme, rappelez-
vous le serment que vous avez prêté
quand vous fûtes reçu par mon entremise dans une association pieuse et
respectable, et n'oubliez pas que vous
parlez à votre confesseur.

— Quelle audace! dit le malheureux général en se levant et parcou-

rant l'appartement à grands pas; voilà donc ce qui m'était réservé !... Écoutez, ajouta-t-il, vous m'avez, il est vrai, enlacé dans vos piéges, je fais partie de la congrégation ! Oui, une ambition dévorante et trompeuse m'a fait descendre jusque là, et je dois l'avouer en rougissant; mais si vous me poussez à bout, songez aussi que ma défection sera publique, et que je révèlerai à mon tour les moyens odieux qu'emploient vos affidés pour se maintenir au pouvoir, pour avilir et corrompre la société. Je n'ai plus rien à ménager, le public saura tout.

— Vous êtes bien le maître, Monsieur, répondit l'abbé froidement, d'agir comme vous venez d'en faire la menace; mais je ne sais pas dans cette circonstance si le public dont vous parlez ne sera pas au moins aussi édifié des preuves d'honneur et de probité que vous donneriez en trahissant

3.

vos serments, que des intentions que vous supposez à une association pieuse, dans laquelle vous n'avez été admis qu'après un long noviciat et des épreuves dont je n'ai pas besoin de vous rappeler la nature.

— Silence ! s'écria le général d'une voix de tonnerre, le visage rouge et inondé de sueur ; silence ! ou je ne réponds pas même de votre vie. Je vous donne deux heures pour vous éloigner, ne vous faites pas répéter cet ordre.

A ces mots il sortit en repoussant rudement la porte sur lui. L'abbé de Saint-Ange parut jouir un moment de l'embarras et du désordre extrêmes dont la violence du général venait de lui donner la preuve ; mais, en jetant les yeux sur Athénaïs, qui était demeurée à sa place, pâle et tremblante, il sentit que son rôle n'était pas terminé, et il se disposa à user de tous ses avantages pour s'emparer de l'esprit de la jeune personne qui avait si souvent influé sur l'opinion de son père.

— Eh bien ! Mademoiselle Athénaïs, dit-il en prenant un air de contrition et d'humilité, je vous vois affligée de ce qui vient de se passer; et je vous en remercie ; mais ce n'est point aux gardiens du sanctuaire, aux lévites du Seigneur à se plaindre des épreuves auxquelles il plaît à Dieu de les soumettre. Trop heureux de souffrir pour la cause du ciel, il m'est doux encore dans cette circonstance de voir mes tribulations partagées par un cœur aussi beau, aussi pur que le vôtre, ma belle pénitente.

— Laissons là ce langage, Monsieur l'abbé, répondit Athénaïs dont l'indignation était si adroitement interprétée ; je suis affligée, en effet, mais c'est de vous avoir entendu par-

ler à mon père avec une audace qui
me dévoile mon imprudence, car il
n'est que trop vrai, c'est moi, ce sont
mes conseils, mes prières, dictées
par d'habiles séductions, qui l'ont
placé dans une position où son honneur court de si grands dangers.

— Qu'ai-je entendu, juste ciel !
s'écria l'abbé avec une feinte douleur,
est-ce bien votre bouche, ma pupille
spirituelle, qui a prononcé ces amères paroles ? O désolation ! le venin
mortel de la corruption a-t-il pénétré
dans votre cœur, où je croyais, par la
grâce de Dieu, avoir jeté la bonne se-
mence? Oh ! bien certainement, Athénaïs, vous êtes égarée dans ce moment par le prestige coupable et trom-
peur des affections terrestres. Vous ne
me condamnerez pas à gémir sur le
triomphe de l'impiété, quand c'est
vous qu'elle choisit pour victime.

— Je ne sais, Monsieur, ce que

vous voulez dire, répliqua Athénaïs d'un ton ferme et absolu, mais les ordres de mon père me dispensent d'avoir avec vous une plus longue explication; vous savez combien vous m'êtes connu, et je ne pense pas qu'en insistant plus long-temps vous me forciez à confier à personne des choses dont probablement vous n'avez pas perdu le souvenir. Croyez, Monsieur, que si votre imprudence n'avait point amené la scène accablante dont j'ai été témoin, je n'aurais point tardé à vous enjoindre de prendre le parti qui vous a été indiqué par mon père; et vous savez, Monsieur, que vous m'auriez obéi sur-le-champ.

— Il est vrai, Mademoiselle, répondit l'abbé en fronçant le sourcil, il est vrai que je suis tout disposé à vous être agréable et à ajouter au dévouement sans bornes dont je me suis efforcé de vous donner la preuve. Mais,

au nom du Ciel! est-ce bien sérieuse-
ment que vous me parlez ainsi? Il fût
un temps, Mademoiselle, et il y a
peu de jours encore, où je n'aurais
point eu la douleur d'éprouver un retour si cruel. Alors Dieu m'inspirait
assez d'éloquence pour embraser votre cœur du désir ardent du salut, et
quand vous quittâtes vos jeunes com-
pagnes, je n'hésitai point à vous suivre
et à obéir à un regard que dans un
accès d'orgueil humain dont je suis
bien puni, j'osai attribuer à un sentiment aussi tendre que vertueux pour
celui qui vous guidait dans les voies
du Ciel. Hélas! Mademoiselle, par
quelle fatalité vous trouvé-je aujour-
d'hui si différente, et si peu éloignée de
vous joindre à mes persécuteurs?

— Vous ne me comprenez pas, ou
vous feignez de ne pas me comprendre, Monsieur, reprit Athénaïs avec
plus de véhémence; oui, vous avez

séduit mon cœur et égaré ma raison
au point qu'aveuglée sur les motifs
de votre conduite, je vous savais gré
d'un sacrifice qui me paraissait si généreux quand vous consentîtes à suivre
ma famille dans cette terre si éloignée
de la capitale. Je frémis maintenant
de toutes les conséquences que pouvait avoir mon imprudente confiance.
Je ne vous cachais aucune de mes pensées ; la piété véritable qui m'animait
était arrivée à un degré d'exaltation
qui devait vous satisfaire, puisque
j'étais prête à renoncer au monde et
à porter toutes mes espérances de fortune dans la maison religieuse que
vous m'aviez désignée. Mais vous avez
détruit vous-même votre propre ouvrage ; vous avez arraché le bandeau
qui couvrait mes yeux, en me tenant
des discours dont le but me fait rougir... Vous faut-il d'autres détails,
Monsieur, et croyez-vous qu'il soit

nécessaire, pour décider votre départ, d'initier mon père dans cet épouvantable secret.

— Je le vois, dit l'abbé en faisant une salutation profonde qu'il accompagna d'un roulement d'yeux et d'un léger sourire qui exprimait à la fois l'incertitude et l'espoir du triomphe ; oui, je le vois, Mademoiselle, vous voulez faire allusion à cette erreur d'un moment dont je me suis rendu coupable, à cet entraînement humain et irrésistible dont vous étiez l'objet, et dont je pense qu'il n'existe plus aucune trace, comme vous me l'assurâtes en m'accordant mon pardon.

— Et alors je vous trompai, répondit Athénaïs avec vivacité ; il reste entre mes mains trois lettres de vous, qui peuvent constater juridiquement votre conduite.

— Allons, reprit l'indigne ecclésiastique avec sang-froid, mais cessant enfin de se contraindre, j'aurais dû prévoir que la malice de votre sexe vous suggérerait cette ruse d'enfer. N'importe, je vais vous satisfaire et quitter un séjour où les actions les plus innocentes peuvent être si mal interprétées ; mais j'espère, Mademoiselle, que vous me rendrez ces lettres désormais insignifiantes.

— Non, Monsieur, non jamais, dit Athénaïs, vous pouvez seulement compter sur ma discrétion si vous avez assez de prudence pour oublier jusqu'au nom de ma famille.

— Nous ne pouvons combattre à armes égales, continua l'abbé sur le même ton, et il faut bien que je m'avoue vaincu. Vous avez, il est vrai, les moyens d'éveiller sur mon compte la malignité publique, et de causer un scandale dont, au reste, je finirais par sortir glorieux et triomphant, mais je ne crois pas utile de tenter cette épreuve ; ne pensez pas cependant, Athénaïs, que je sois en rien la dupe des sentiments que vous venez de manifester ; je ne puis les attribuer qu'au caprice et à la légèreté, qui sont les attributs de votre sexe.

—Quelle horreur !... s'écria la jeune personne dans le transport d'une vive indignation. Avez-vous l'intention d'ajouter l'injure au mépris que vous faites des plus saints devoirs? Mais je devine l'idée qui vous occupe en ce moment et qui vous dicte ces outrageantes paroles ; est-ce dans votre cœur que la jalousie devait trouver place? Vous n'ignorerez rien : j'aime, oui j'aime quelqu'un de toutes les forces de mon âme.

— Ah! dit l'abbé avec un sourire amer, une intrigue d'amour! j'aurais dû m'en douter. Adieu donc, Mademoiselle ; vous venez de me prouver qu'il n'y a point de prudence humaine qui puisse se flatter de diriger

le cœur d'une femme. Adieu; peut-être
vous repentirez-vous un jour d'avoir
échangé la certitude d'un bonheur
paisible contre l'aventureuse félicité
qu'on cherche avec les passions dans
le tourbillon du monde. Adieu donc,
Athénaïs, pour la dernière fois, et je
ne puis dire que je vous quitte sans
regrets !

Athénaïs ne répondit point à ces
derniers mots de l'abbé, qui s'éloigna
à l'instant même. Peu d'heures après,
une voiture du général le transporta
à la ville la plus voisine, où il prit
sur-le-champ la poste pour Paris. On
a retrouvé il y a peu de temps, dans
la chambre qu'avait occupée l'abbé de
Saint-Ange, et quand le château eut
changé encore une fois de propriétaire, un papier froissé, et qui paraissait être le brouillon d'une lettre.
Nous en extrairons les passages suivants, qui achèveront d'initier le lec-

teur dans les secrets de M. l'abbé, car il ne nous a pas été possible de rendre plus intelligible le sujet de la conversation que nous venons de rapporter.

« MON RÉVÉREND PÈRE,

» Que le Seigneur soit avec vous! » Je continue à travailler avec le zèle » dont vous avez souvent daigné me » louer, à la moisson dont vous m'avez » chargé. Nous vivons dans des temps » difficiles, et où les ouvriers de la » vigne sont souvent obligés de dé- » tacher leurs mains de la charrue » spirituelle, et d'employer les voies » du monde. Mais le bon grain trouve » encore du bon terrain au milieu de » l'aridité générale, et le champ qui » m'est confié promet de répondre à » mes soins assidus et constants. C'est » vous dire, mon révérend père, que » nous touchons au moment de la

» crise que nous avons préparée avec
» tant de circonspection. Pour qu'elle
» ait lieu sans scandale, j'ai souvent
» amené devant toute la famille la
» conversation sur le sujet qui nous
» occupe ; la jeune personne a loué
» avec tant d'exagération les avanta-
» ges du couvent, que j'ai cru devoir
» *coram populo*, et avec votre permis-
» sion, mon révérend père, faire des
» objections contre ce qu'elle appelle sa
» vocation, afin que les artisans d'im-
» piété ne puissent pas nous accuser
» d'avoir fait violence à ses goûts.
» Le général, qui m'accorde toute
» sa confiance, m'engage beaucoup
» en particulier à parler toujours dans
» le même sens. Vous savez que c'est
» un homme à nous, mais il est temps
» qu'on fasse quelque chose pour lui,
» car ses regrets du passé m'épouvan-
» tent quelquefois. L'ex-général de
» Bonaparte vise à la pairie ; il faut at-

»tendre pour cela que nous n'ayons
»plus à craindre le mariage de sa fille;
»car alors sa fortune échapperait à
»nos bonnes sœurs de... Ayez soin,
»mon révérend père, qu'on songe ce-
»pendant à notre fervent disciple......
»Il y a ici un M. de Crossey, demi-
»paysan, demi-noble, et fils, à ce
»qu'on dit, de l'ancien seigneur du
»pays. Il n'est pas des nôtres; il a été
»élevé par un curé, janséniste ren-
»forcé, dont je vous parlerai plus au
»long dans une prochaine lettre. Ce
»jeune homme est fort dangereux ; il
»faut en recommander la surveil-
»lance à notre ami... J'ai eu l'occa-
»sion de voir dernièrement le préfet
»du département, c'est un homme
»qui laissera faire, car il est fort ti-
»mide ; mais qui n'osera rien par lui-
»même, tant il craint l'esprit public
»de ce pays dominé par les libéraux...
»J'oubliais de vous dire, mon révé-

»rend père, que si le choix des dé-
»putés a été excellent, nous devons
»moins ce triomphe au zèle de la con-
»grégation du Sacré Cœur qu'à celui
»de la gendarmerie. Un grand nom-
»bre de nos électeurs n'a pas osé se
»montrer ; mais nous avons dressé
»tant d'embuscades aux autres, que
»la partie a été gagnée. A propos, dites
»un mot à C. T., afin que les militaires
»de la garnison de G... se lient moins
»avec la populace de cette ville, qui
»est imbue d'un esprit détestable. Nous
»avons eu dernièrement une première
»communion de cinquante grena-
»diers, qui a produit un très bon effet...
»Envoyez-moi votre bénédiction pa-
»ternelle.... »

Nous ne ferons aucune réflexion
sur cette lettre ; mais elle appartenait trop essentiellement aux mœurs
de notre temps, pour que nous ayons
pu la passer sous silence. Tel était

l'homme qui, sous un habit respectable, s'était introduit dans la famille
du général, et qui, zélateur d'une
abominable faction, en complotant
la perte d'une jeune fille confiante,
savait encore s'occuper dans l'ombre
des intérêts de son parti.

Le général se sentit comme soulagé
d'un poids énorme quand l'abbé eut
quitté le château ; on aurait dit que,
délivré désormais d'une surveillance
tyrannique, il allait enfin s'appartenir
à lui-même, et se montrer tel qu'il
était. Son intention était bien de se
défaire aussi de M. Ragot ; mais le
malheureux avait été si humble, et
avait paru si repentant, que le général ne pouvait se résoudre à le traiter
comme il le méritait, outre que dans
la fâcheuse position où il s'était placé,
il avait encore besoin de garder quelques ménagements. Peu de jours après,
il écrivit à Édouard pour lui demander

un entretien au sujet de la possession du pré des Sarrasins ; le jeune homme s'empressa de se transporter au château, où il fut accueilli avec distinction. Le général se montra conciliant sur tous les points, et Édouard fut charmé de lui voir abandonner ses prétentions, quand il eut examiné ses titres de propriété avec une attention scrupuleuse.

Notre héros crut devoir céder aux pressantes instances qui lui furent faites pour dîner au château ; malgré la préoccupation de son esprit, il se distingua par une conversation pleine de sens, et qui annonçait des connaissances variées dans les lettres et dans les arts. Il avait surtout le talent essentiel de ne présenter ses opinions que sous la forme du doute et sans afficher la prétention de paraître plus savant que les personnes auxquelles il s'adressait. Le pédantisme est le défaut

des jeunes gens de notre époque, qui
ont en général beaucoup plus d'instruction que d'éducation, et qui de-
viennent ergoteurs comme les Grecs du
Bas-Empire, parcequ'ils se croient
propres aux grandes discussions politiques. Athénaïs écoutait Édouard
avec cette attention délicieuse qu'on
accorde involontairement au vrai mérite, mais elle était pour elle l'expression d'un sentiment plus vif. Les paroles du jeune homme retentissaient
dans son cœur, sa voix lui paraissait
harmonieuse, et son imagination exaltée cherchait dans les traits de celui
qu'elle aimait les indices du génie.

C'est ainsi qu'elle buvait à la coupe
des passions et que le charme décevant de leurs premières pensées s'em-
parait de tout son être. Mais, malgré
les bienveillantes prévenances dont
Édouard fut l'objet de la part des habitants du château, il s'y trouvait dans

une sorte de malaise dont il ne pouvait se rendre compte. Étaient-ce les souvenirs de sa famille, et l'idée de paraître comme un hôte presque inconnu dans son ancienne demeure, qui affligeaient son esprit? ou songeait-il encore à sa première entrevue avec Athénaïs, dont le profond ressentiment remplissait encore son cœur ? Cependant Athénaïs était si belle et si brillante de grâces et de talents, que souvent il se surprenait à jeter sur elle un de ces regards pénétrants qu'accompagne un sourire, et qui semblent précéder l'admiration que nous accordons aux objets qui nous étonnent ou qui nous charment. Mais soit qu'Édouard eût senti les dangers que d'autres visites au château pouvaient avoir pour lui, soit que la séduction dont il se sentait prêt à devenir la victime fût moins puissante sur lui que la répugnance qu'il éprouvait à reparaître dans des lieux où tant d'amers souvenirs remplissaient son imagination , il opposa un refus poli, mais formel, aux invitations pressantes qu'il reçut.

Cependant rien n'annonçait à Cécile qu'il eût changé de résolution. Les journées se succédaient rapidement, et Édouard ne revenait pas à la ferme ;elle ne l'avait aperçu qu'une seule fois à l'église, et le triste salut qu'elle en avait reçu avait glacé son sang dans ses veines , au lieu de lui rendre l'espérance. Édouard paraissait cruellement agité ; il passait son temps loin du presbytère, et le soir , accompagné de Guillot, mais seul le plus souvent , il venait tristement s'asseoir sur la colline d'où il pouvait découvrir le pavillon de Cécile. Ce fut dans ces circonstances et dix jours après l'apparition du juge d'instruction , qu'Édouard reçut une lettre d'invitation à un bal qui devait avoir lieu à la préfecture; le haut fonctionnaire lui-même avait écrit en termes les plus flatteurs, et Édouard ne put refuser l'honneur qu'on lui faisait. D'ailleurs ce personnage, lié avec la plupart des membres de sa famille, qui demeuraient à Paris, pouvait lui donner des renseignements à peu près certains sur leur situation, et il se proposait de profiter de l'occasion qui lui était offerte de se trouver avec lui pour le consulter sur l'objet important qu'il avait en vue en s'éloignant du Dauphiné.

Dans la soirée du jour où Édouard était parti pour Grenoble, jour où la chaleur avait été accablante, Jacques Bernard et Cécile prenaient le frais sous les grands arbres qui avoisinaient la ferme, lorsque Ragot, qui, à dessein ou par hasard, se promenait de ce côté, s'approcha d'eux avec affectation.

—Bonjour, voisin Bernard, dit-il en saluant le fermier et sa fille. Je fais comme vous ce soir, je me repose ; il n'y a personne au château, et j'en profite... Voisin, voulez-vous une prise de tabac ?

— Merci, Ragot, merci, répondit Bernard ; si vous n'avez rien de mieux à nous dire ; quoique ce ne soit pas faute à vous de vous mêler des affaires d'autrui.

— C'est bien contre mon gré que je m'en mêlerais désormais, voisin, reprit Ragot avec une indifférence étudiée ; on ne sait à quoi s'en tenir maintenant sur tout ce qui se passe. Qui aurait dit que cette affaire du pré des Sarrasins ?...

— Oui, dit Bernard, et dont les mauvaises langues ont tant parlé.

— Et vous pouvez bien le dire, voisin, ajouta Ragot sans se décon-

certer ; mais qui aurait pensé que
cette affaire finît par un mariage ?

— Par un mariage !... que voulez-
vous dire, Ragot ? demanda Bernard.

— Oh ! continua le rusé Ragot,
vous en connaissez bien autant que
moi là-dessus, voisin ; tout le monde
sait que M. Édouard vient maintenant
tous les jours au château.

— Cela est-il possible ? s'écria Cécile en pâlissant.

— Comme vous le dites, Cécile,
répondit Ragot en faisant un mouvement pour s'éloigner. Après tout, ce
mariage est bien possible. Mademoiselle Athénaïs est une belle et aimable
jeune fille, soit dit sans vous faire tort,
ma jolie voisine... Au surplus, ils ne
se quittent presque pas ; ils ont été à
Grenoble ensemble, et il arrivera bien
quelque chose de tout cela. Adieu,
mon voisin.

Ragot continua sa route en ricanant, mais Cécile n'aurait pu en entendre davantage ; elle demeura un instant comme muette de surprise et d'horreur ; et, poussant un cri déchirant, elle s'évanouit dans les bras de son père.

CHAPITRE XII.

Le Cabinet de lecture. — Nouveaux portraits.

Édouard, qui avait apporté quelques soins à sa toilette, arrivait seul à Grenoble dans une modeste voiture publique, tandis que Ragot donnait ainsi une libre carrière à son imagination et à sa langue envenimée. Il était encore de bonne heure ; et songeant qu'il ne lui convenait pas de paraître si empressé à se rendre au désir de M. le préfet, Édouard entra pour prendre connaissance des nouvelles politiques dans un salon de librairie ouvert en face de l'hôtel départemental.

Il n'est pas un seul Dauphinois, et il y a peu de libraires en France qui ne connaissent pas, au moins de

réputation", le vénérable propriétaire de cet établissement. Reste
précieux d'une génération glorieuse,
ce doyen des libraires est un représen-
tant invariable de la constitution de
1789. Il conserve, dans un âge avancé,
le patriotisme vertueux qui a honoré sa
jeunesse, et il a encore toute l'ardeur
de cet âge où tout est généreux en
nous, même les passions les moins
modérées. Mais ce n'est pas seulement aux traditions politiques que
l'honorable libraire est demeuré fidèle, il a gardé le costume de ce temps,
où, par un élan spontané, tous les
Français semblèrent un moment ré-
solus à oublier toutes les haines, à
faire l'abandon de tous les intérêts
privés, pour concourir à la régénéra-
tion de leur pays. Vous pouvez rencontrer à Grenoble un vieillard dont
les traits bien conservés ont une expression prononcée d'intelligence et

de bonne humeur ; dont les jambes laissées à découvert par des culottes courtes, sont garnies dans toutes les saisons d'un léger bas de soie ; il porte un habit brun ou écarlate, à larges boutons en nacre ; sa chevelure est relevée des deux côtés sous cette forme poudrée qu'on a appelée *ailes de pigeon*, et qui, en effet, a quelque rapport avec l'objet auquel on la compare. Un étranger pourrait s'y tromper, mais cet habit qui fronde ouvertement le mobile pouvoir de la mode, cette coiffure aristocratique appartiennent à un fidèle ami de la liberté et de la gloire nationale. Voyez quand il traverse les rues populeuses de Grenoble, comme chacun le salue d'aussi loin qu'on l'aperçoit, comme la foule s'écarte à son approche avec une affectueuse attention ! Cette observation est plus frappante encore dans les faubourgs, où l'on voit de temps en temps quelques

vieillards comme lui sortir de leur boutique à son approche, et lui donner
la main pour avoir l'occasion de parler un moment de l'ancien temps. Est-
ce un magistrat investi d'une grande
autorité? Est-ce quelque personnage
riche et puissant? Ce n'est qu'un simple citoyen peu favorisé du côté de la
fortune, un vieillard dont la conduite
publique a été irréprochable, et qui
recueille le fruit du bien qu'il a fait
à ses concitoyens pendant sa longue
carrière; c'est le propriétaire d'un cabinet de lecture.

Le souvenir de son habit rouge, de sa
perruque poudrée et du chapeau qu'il
froisse habituellement sous son bras,
ne sortira pas de ma mémoire, car je
l'ai vu souvent assister à nos jeux dans
mon enfance, quand, avec les vauriens
de mon âge, nous faisions l'école buis-
sonnière sur les remparts de la ville.
Plus tard, j'ai été honoré de son estime,

et je ne puis l'oublier davantage. Je désire donc que mon vénérable compatriote ne dédaigne pas le faible tribut qu'au milieu de ces pages frivoles je trouve l'occasion d'adresser à sa probité politique et à ses vertus populaires.

Les salons de la librairie, situés vis-à-vis la préfecture, ont souvent causé de fortes insomnies aux dignes représentants du pouvoir ministériel qui s'y sont succédés. En respirant l'air du matin, M. le préfet peut, de sa croisée, au travers des vitres du magasin du libraire, lire en gros caractères les annonces de ces ouvrages audacieux où tout n'est pas louange pour l'administration; il peut aussi respirer l'odeur nauséabonde, pour un nez préfectoral, qu'exhalent les journaux de l'opposition. C'est là que les citoyens de toutes les classes éclairées viennent passer quelques moments avant ou après leur repas, pour lire les journaux et s'enqué-

rir des nouvelles. Il fut un temps où ce
cabinet de lecture était interdit à l'employé, au militaire, et à tous ceux qui
avaient quelque germe d'ambition dont
la faveur du gouvernement était le but.
Tout dévot qui avait mis le pied dans
ce *Pandemonium* libéral était irrévoca-
blement damné par son confesseur,
et si l'on y voyait de temps en temps
quelques unes de ces figures blafardes
à l'œil en dessous, au sourire faux,
c'étaient celles d'observateurs inté-
ressés, qui, pour l'acquit de leur conscience et la gloire de Dieu, dénon-
çaient les mécréants lecteurs du *Cour-
rier français* ou du *Constitutionnel*,
et tous ceux qui rendaient visite au
voisin de M. le préfet.

Ce fut cependant à cette époque, et
quoique invité à un bal officiel, qu'É-
douard osa entrer dans ce lieu dé-
fendu, où, suivant la congrégation du
pays, car il y en a en France un peu par-

tout, on mangeait de la chair humaine
ni plus ni moins que dans la caverne
du comité directeur de Paris. Rien
n'annonçait cependant dans l'intérieur de la librairie l'habitude de cet
étrange banquet. Une longue table
couverte de feuilles publiques et de
brochures nouvelles, et des cases sy-
métriques dans lesquelles des livres
étaient rangés avec ordre, en faisaient
tout l'ameublement. Il est vrai qu'on y
voyait les portraits de quelques uns des
plus incorrigibles défenseurs de la liberté, tels que Casimir Perrier, Benja-
min Constant, Royer Collard et même
celui du célèbre et malheureux Manuel. S'il est permis de le dire, après
avoir cité de pareils noms, en cher-
chant avec soin dans cette galerie ico-
nographique, on aurait pu encore
trouver une lithographie qui est cen-
sée représenter les traits de l'humble
auteur de cette histoire.

Mais l'attention d'Édouard fut aussitôt distraite par l'accueil franc et cordial que lui fit un jeune homme qui, en l'apercevant, jeta sur la table le journal qu'il parcourait, et vint au-devant de lui.

— Charles Moretel, dit Édouard en jetant ses bras autour du cou du jeune homme, quel plaisir de te revoir! Il y a long-temps que je n'ai embrassé un compagnon d'études, un ami de l'enfance. Je ne t'aurais reconnu qu'avec peine, si ta mémoire ne m'avait si heureusement servi.

— La mémoire du cœur, Édouard, répondit le jeune homme avec expansion, ne se perd pas facilement; mais si c'est un compliment que tu voulais m'adresser, je puis te le rendre avec bien plus de raison. Tu es un homme maintenant, un fort bel homme, et tu promettais bien de le devenir... Au surplus, laissons tous ces lieux

communs, je brûle d'avoir un entretien
avec toi, mais il ne faut pas remplir
ici le rôle de Faublas avec les joueurs
d'échecs du café de la Régence; ne dé-
rangeons pas les lecteurs de journaux,
et prenons place dans une partie de
la salle où nous ne serons nous-mêmes
importunés par personne.

— Maintenant, reprit Édouard
quand les deux amis eurent trouvé
une place convenable, maintenant
dis-moi ce que tu es devenu, et quel
est le parti que tu as pris. Le temps est
bien éloigné, Charles, où nos entre-
tiens ne roulaient que sur la manière
dont nous emploierions le temps de
nos deux mois de vacances; aujour-
d'hui c'est d'un plus grand intérêt que
nous sommes forcés de nous occuper.

— Ma foi, mon ami, je trouve que
chaque âge a ses peines aussi bien
que ses plaisirs, car, dans le temps

dont tu parles, nos jours, pour me servir de l'expression d'André Chénier, n'étaient pas tous couronnés de roses. N'avions-nous pas cette maudite retenue, quand, par un beau soleil d'été, nos condisciples allaient jouer dans les champs, et que nous étions condamnés à les voir prendre joyeusement le chemin de la promenade au travers des maussades barreaux de la porte du collége? Eh bien! aujourd'hui, Charles, j'éprouve, il est vrai, quelquefois un peu de ces contrariétés desquelles personne dans la société ne peut se flatter d'être exempt, mais j'ai du moins tous les avantages d'une honorable indépendance ; et si je ne suis pas encore le *vir probus dissendi peritus*, j'aspire du moins à le devenir ; en un mot, je suis avocat.

— J'aurais dû m'en douter aux citations dont il t'a plu de me gratifier ; je t'en félicite, Charles, tu es entré

dans une carrière où tu ne peux pas
manquer d'acquérir une place dis-
tinguée.

— Mais, j'y songe maintenant,
Édouard ; je crois me rappeler que tu
suivais ici un cours de droit, tandis
que je le faisais à Paris ; as-tu renoncé
à la toge ?

— Oui, Charles ; outre l'insuffi-
sance de mes moyens et l'âpreté d'un
caractère à demi sauvage qui pourrait
me causer beaucoup de chagrins dans
la carrière du barreau, je ne suis point
assez riche pour la suivre.

— Parbleu ! mon cher ami, moi je
ne suis pas millionnaire...

— Cela se peut, mais probablement nous n'avons pas là-dessus les
mêmes principes ; je ne ne puis asso-
cier l'idée d'une rétribution pécuniaire
avec la haute mission de l'avocat.

— Ah ça ! Édouard, parles-tu sé-
rieusement ? il ne faut pas apporter

dans notre société corrompue la rigide morale d'un Spartiate, qui cependant ne valait pas grand'chose, suivant moi ; mais, avec de pareilles idées, tu fais bien de ne pas suivre la carrière du barreau. Les plaideurs de nos jours, au contraire des clients de l'antiquité, ne songent pas plus à leur avocat quand un procès est jugé, qu'un malade à son médecin quand il est guéri ; c'est pourquoi, mon cher ami, nous leur rendons la plus douce réciprocité quand ils nous ont payés. Mais laissons ce sujet. A quoi te destines-tu ?

— C'est une question, mon ami, que je me suis adressée à moi-même, seulement depuis quelque temps, et à cela je réponds par une autre question : à quoi es-tu bon ?

— Et tu laisses cela dans le doute ?... moi, je vais te répondre d'une manière positive : avec tes connaissances, ton nom et ta figure, tu peux réussir également dans tout ce que tu entreprendras. Cependant, je te conseillerais de te défaire de cet air grave et soucieux qui s'allie mal avec ta physionomie pleine de franchise. Mais, Édouard, que ma vivacité ne t'offense pas ; peut-être as-tu des chagrins que je ne puis connaître, et, dans ce cas, ne prends point mon observation en mauvaise part.

— Oui, Charles, j'ai des chagrins profonds.... dévorants !...

— Pauvre Édouard ! dit Charles en serrant la main de son ami ; que ne puis-je adoucir tes peines !

— Reprenons, Charles, le sujet qui nous occupe, ajouta Édouard avec un sourire plein d'amertume ; n'est-ce donc pas une peine assez grande que celle de chercher vainement autour de soi la place qu'on veut occuper dans le monde ? Age de fer que le nôtre, Charles ! Vois, mon ami, toutes les portes nous sont fermées ; deux conditions pour exister, politiquement parlant, nous sont imposées par nos lois, l'âge et le cens. C'est vainement qu'un jeune homme ardent et doué de quelques talents veut consacrer les connaissances qu'il a pu acquérir au bonheur de son pays ; il est obligé d'étouffer dans son âme les nobles sentiments qui l'animent ; étranger à la société, au milieu de laquelle il vit, il est condamné à se taire jusqu'à ce que les années aient glacé son énergie. Alors même, s'il n'est riche, il est dépossédé de ses droits comme des espérances qu'il a vainement nourries dans son cœur. En vérité, Charles, ces assemblées de vieillards, qui rêvent des lois pour un peuple jeune et vigoureux, dont le moindre progrès les effraie, ressemblent à ces mourants qui font des projets pour l'avenir, tandis que leurs héritiers se promettent d'avance de ne pas suivre une seule de leurs volontés.

— Cela est vrai, Édouard, très vrai, et sans manquer au respect qu'on doit à la vieillesse, on peut dire qu'il serait à désirer que dans nos assemblées législatives et nos tribunaux, il y eût un peu moins de rhumatismes et de catarrhes. Mais enfin, avant que cet ordre de choses si absurde soit changé, nous aurons peut-être le temps de vieillir aussi ; et c'est au présent que nous devons songer ; il faut prendre un parti.

— C'est aussi mon projet, et nous en parlerons plus au long dans un autre moment, car je compte bien avoir le plaisir de te revoir.

— Tu ne peux, mon cher Édouard, me donner une plus douce assurance; tu as raison, laissons les choses sérieuses : quand on se revoit après une

si longue absence, on a tant besoin
de se parler de tout ce qui a pu remplir notre vie!... Dis-moi, Édouard,
et les amours!.... Oh! je lis dans tes
regards que j'ai touché une corde délicate.

— C'est la vérité, Charles, dit
Édouard en soupirant; et cet amour,
dont ton caractère léger ne peut concevoir la force et l'irrésistible puissance, vient se mêler à toutes mes
incertitudes, et augmenter mes chagrins.

— Je gage que tu aimes quelque
héroïne de roman! Je te plains,
Édouard; oui, je te plains de tout mon
cœur, car, malgré la légèreté dont tu
m'accuses, je ne suis point insensi-
ble:

> Aricie à ses lois tient mes vœux asservis,
> J'aime, j'aime, il est vrai....

mais, mon cher Édouard, j'aime rai-
sonnablement. Vois-tu, l'amour n'a

encore été pour moi qu'un délasse-
ment comme la lecture des journaux.
Je te conseillerais bien de te marier
pour te guérir, mais le remède est aussi
terrible que l'épigramme est vieille, et
d'ailleurs, je suis de bonne foi, je ne
veux pas faire aux autres ce que je
ne voudrais pas qu'on me fît; il serait
cruel que l'exception tombât sur un
ami comme toi... Pour moi, Édouard,
je veux rester garçon jusqu'à qua-
rante-cinq ans; quand les jeunes
personnes me tourneront le dos, et
qu'il ne me restera plus qu'à mourir
d'ennui ou à faire un quatrième au
boston avec les grand'-mamans, alors
je me marierai, je tâcherai d'avoir un
enfant ou deux, et je n'abdiquerai le
sceptre des plaisirs et de l'indépendance que quand j'aurai la goutte ou
que je serai éligible.

— Tu es heureux, Charles, dit
Édouard en riant, de traiter si gaie-

ment un sujet qui me paraît si grave
et si important pour le bonheur de
notre vie.

— Oh! je l'envisage quelquefois
autrement ; je fais comme toi, j'aime
dans toutes les règles du sentiment,
mais alors je me cherche une femme
dans un rang obscur. Tiens, Édouard,
je voudrais épouser une jolie fille,
bien douce, élevée à la campagne,
et qui par conséquent n'eût aucun
goût dispendieux ; qui m'aimât pour
moi, et non pour la fortune que je
puis avoir et le rang que je tiens. Je
vois cet objet enchanteur, modèle
d'amour et de fidélité, je la vois, cette
jeune fille, attentive à mes moindres
désirs, ne s'occupant que de l'intérieur
de son ménage, me faisant oublier
par sa tendresse l'humble obscurité
de sa naissance, et fermant l'oreille à
toutes les séductions, car ma femme
serait fidèle. Ah ! mon ami, tu n'es

pas le seul qui fasse des châteaux en
Espagne.

— Charles, mon ami, répondit
Édouard dans un trouble inexprima-
ble, celle que ton imagination a vainement cherchée, je l'ai trouvée parée
de plus de grâces et de plus de vertus...
Sans le vouloir, tu as jeté du feu sur
mes blessures. O mon ami, que la
pauvreté est quelquefois difficile à supporter! qu'elle est un supplice affreux
quand elle s'oppose seule à notre bonheur!

—Non, Messieurs, non! s'écria dans
ce moment un des lecteurs de journaux en jetant sur la table avec colère
la feuille qu'il venait de lire : non, jamais on n'a poussé l'audace aussi loin.
Cette loi d'indemnité est une insulte
à la nation, et une violation de toutes
les promesses qui lui ont été faites.
Mais les promesses des rois!... bah!
autant en emporte le vent. La belle

nécessité, vraiment, que de nous faire payer pour les autres!

—La paix, la paix! mon cher Monsieur Durand, répondit un autre lecteur; si la loi d'indemnité n'est pas bonne pour tout le monde, ce n'est pas à vous à vous en plaindre. Elle donnera lieu du moins à un bon nombre de procès, et Dieu sait si vous les aimez!

Cette objection excita les éclats de rire d'un grand nombre de personnes, qui abandonnèrent les journaux et les brochures pour prendre part à une discussion, aussi bruyante que tardive et inutile, sur la loi relative à l'indemnité des émigrés, nouvellement adoptée par les deux Chambres.

— Édouard, s'écria Charles, mon cher Édouard! on dit que des oies sauvèrent un beau jour le Capitole; voici un honnête avoué qui me donne une idée dont probablement tu as été frappé comme moi. Cette indemnité, tu as des droits incontestables à l'obtenir; tu te plaignais de ta pauvreté, tu n'auras bientôt rien à désirer, car je sais qu'avant la révolution la fortune de tes parents était considérable.

—Est-il possible! dit Édouard dont un frémissement involontaire sembla agiter tout le corps, et qui parut se livrer à de profondes réflexions, tandis que son ami le regardait avec étonnement. Oui, continua-t-il après un assez long intervalle, j'avais connaissance de la loi aujourd'hui adoptée; et je me trouverais dans la catégorie la plus avantageuse; mais puis-je accepter ce prix honteux du sang de mon père?... jamais, jamais! dit-il d'une voix étouffée. Tu connais mes opinions, Charles, je n'ai aucun regret du passé, aucune idée de vengeance dans le cœur; j'aime la paix et la liberté telle qu'elle est aujourd'hui garantie aux Français, mais je ne puis recevoir ce dédommagement avilissant des pertes cruelles que j'ai supportées ; je ne le puis pas, Charles, je ne le puis pas.

—Édouard, répondit son ami, peut-être y a-t-il de la grandeur d'âme dans ce que tu dis, mais moi je n'y trouve qu'une sauvagerie tout-à-fait contraire à nos mœurs et surtout à tes véritables intérêts. Voici comment il faut envisager la question : une révolution t'a injustement privé des biens que tu devais attendre de tes pères, une autre révolution va t'en rendre une bonne partie ; je ne vois là qu'un juste retour des choses. J'avoue que l'indemnité peut apparaître sous un point de vue bien différent à ceux qui vont en payer les frais sans avoir participé aux évènements sur lesquels on se fonde pour la demander ; mais, mon cher ami, dans quel temps a-t-on vu les charges de la société justement réparties?

—Je ne suis point convaincu, Charles, je ne peux être qu'entraîné dans une question semblable, et s'il plaît à Dieu, j'aurai assez de courage pour résister à une aussi dangereuse séduction.

— Bon! tu me piques au jeu, et tu veux lutter avec un avocat, n'est-ce pas, Édouard? Eh bien! mon ami, je t'aime trop pour employer avec toi les formes trompeuses de l'éloquence. Tu céderas, je l'espère, sinon à mes instances, du moins à la voix du devoir. Oui, Édouard, du devoir, je sens que je vais toucher un point bien délicat avec un homme aussi superbement scrupuleux que toi, mais il le faut. Tu m'as parlé de ta pauvreté, et tu es déjà arrivé au-delà de ton cinquième lustre : n'as-tu donc, pendant

cette première période de ta vie, con-
tracté d'obligations envers personne?
Pourquoi rougir, Édouard? tu m'as
souvent parlé avec un profond attendrissement de ce qu'on faisait pour toi.
Enfin, songe que cette noble indépendance que tu regrettais va t'être
rendue dans peu de jours, et que tu
seras le maître de toi-même et de ton
bonheur.

— Nous verrons, Charles, j'y ré-
fléchirai, dit Édouard avec émotion.

— Pas un jour, pas un moment!
continua Charles avec chaleur; je ne
te quitte pas, je brigue l'honneur de
t'avoir pour client; tu ne refuseras
pas ta confiance à ma vive amitié. Je
t'offre ce soir un logement chez moi;
après un souper joyeux, tu coucheras
entre un Merlin et le Bulletin des Lois;
demain tu me conduis chez le no-
taire où sont déposés les titres de ta
famille; tu me donnes une procura-

tion bien en règle, je me charge de tout ; et, tranquille sur ton avenir, tu retournes dans ta solitude, où bientôt j'irai te saluer Monsieur le comte, en te rendant ta fortune. N'ajoute pas un mot, pas de réplique : la cour a prononcé, et la séance est levée.

— Un moment, un moment, dit Édouard en souriant, il y a dans cet arrêt quelque chose d'inexécutable. Tu ne sais pas pourquoi je suis venu à Grenoble ?

— En effet, tout au plaisir de te voir, c'est la seule chose que j'aie oublié de te demander, et je remarque seulement maintenant que nous sommes tous deux dans une toilette qui annonce des projets.

— Je viens, mon cher ami, au bal à la préfecture.

— Il est vrai que je n'aurais pu le deviner. C'est charmant ! c'est charmant ! s'écria Charles en sautant de joie ; tu me vois disposé pour la même cérémonie ; oui, mon cher, que cela ne t'étonne point, je suis du bal de M. le préfet, et je gagne même quelquefois son argent à l'écarté. Il est vrai qu'on m'accuse souvent d'être un libéral et un frondeur, mais on veut bien convenir que, malgré ces affreux défauts, je suis un assez honnête garçon ; d'ailleurs, voilà la meilleure cause de l'absolution que j'ai reçue, j'ai l'honneur d'être cousin au troisième degré de M. Martin des Andouillères.

— Quel est donc cet heureux mortel, dont le nom cependant ne m'est pas inconnu ?

— Puisque nous ne nous quittons pas, nous avons encore quelques instants avant de nous introduire dans le *sanctus sanctorum* du département. Tu es heureux, Édouard, tu es heureux d'avoir un pilote aussi expéri-

menté que moi pour naviguer sans
danger sur ces rivages qui te sont in-
connus. Mais avant de te faire connaître les principaux rescifs de ces mers,
étrangères pour toi, ne pourrais-tu
me dire d'où te vient cette faveur si-
gnalée ?

— Je l'ignore absolument, et je ne
l'ai acceptée que dans l'intention de
m'entendre avec M. le préfet au sujet
de divers arrangements que j'avais
pris et qui maintenant me semblent
inutiles.

— N'importe, mon cher ami, il ne
faut pas manquer cette belle occasion
de t'instruire, car, pour moi, un bal est
un livre fort curieux ; au surplus, je
suis certain que c'est à l'indemnité que
tu dois l'honneur officiel auquel tu
es appelé ; c'est une baguette magi-
que qui a tout-à-coup rendu la mémoire à ceux qui t'avaient oublié.

— Si je le pensais, s'écria Édouard

en rougissant, on ne m'y verrait certainement pas.

—Allons, ne sois pas romanesque
dans toutes tes actions ; s'accommo-
der du temps et des personnes, voilà
l'œuvre de la vraie sagesse. M. le préfet, dont il est nécessaire que je te
parle, est un petit homme sec et bi-
lieux ; il a le teint blême, les yeux
enfoncés, et tout ce qui constitue l'extérieur d'un faux dévot. Il nous a été
donné par la grâce de Dieu et de la
congrégation, mais il a plus de zèle
que de courage, et, grâces à sa timidité
et à son absolue nullité, nous sommes
à peu près libres et tranquilles sous
son sceptre administratif. D'abord,
nous le voyons peu ; comme les évê-
ques de l'ancien régime et la plupart
de ceux du nouveau, il ne réside pas.
Il voyage pour sa santé et son instruction durant à peu près six mois de
l'année, et, pendant le peu de temps

qu'il veut bien nous accorder, nous ne nous apercevons pas qu'il profite beau- coup. Au reste, c'est un homme en fa- veur à qui l'on accorde de la profondeur attendu qu'il ne parle pas beaucoup, pour de bonnes raisons, et qu'on croit très bien en cour parcequ'il a résisté à deux ou trois voyages de préfets par ordonnances royales.

— Tu as du talent pour les por- traits, Charles, dit Édouard, mais celui que tu viens de tracer m'afflige. Est-il possible que le premier magis- trat d'un département aussi considé- rable soit l'homme que tu dépeins! Comment les affaires du pays peu- vent-elles être dirigées sans lui?

— Parbleu! reprit Charles en riant, aimerais-tu mieux qu'il s'en occupât? Après M. le préfet, le personnage le plus important de la réunion à la- quelle tu vas assister, est, sans con- tredit, mon noble cousin M. Martin

des Andouillères. C'est un homme
d'environ cinquante ans, portant encore, au mépris de la civilisation, l'œil
de poudre et la petite queue, l'habit
olive à larges basques, et les culottes
courtes en satin noir. Ses traits se-
raient insignifiants sans la courbe
singulière formée par son nez et l'en-
foncement de ses machoires, agré-
ments extérieurs, qui, avec des yeux
brillants et légèrement éraillés, lui
donnent une ressemblance éloignée
avec le chat-huant. Du reste, il n'a
aucune des infirmités ou des indis-
positions qui annoncent ordinairement la vieillesse, il est leste et dis-
pos, marche avec grâce sur la pointe
des pieds, et se complaît à faire entendre le craquement arraché par la
pression de son corps à ses souliers
à boucles d'or. Mon cousin est conseiller de préfecture *né varietur*, depuis l'institution si heureuse des pré-

fets; mais c'est seulement pour la forme, car M. Martin des Andouillères est un rieur qui ne se mêle en aucune façon, ni d'administration, ni de politique. Sa voix ne lui appartient pas plus que la terre de son voisin, dont il ne paie pas l'impôt; il ne la compte point dans ses revenus, comme tant d'hommes d'État de nos jours; elle est tout entière à M. le préfet; que ce magistrat soit élu du côté droit, du centre, ou de qui que ce soit au monde, pourvu qu'une ordonnance du roi l'ait nommé préfet: tu vois que mon cousin a des principes.

—Très bien, Charles, et si tu as l'art de faire ressortir les défauts de tes amis comme ceux de tes parents...

— On choisit ses amis, Édouard, mais la nature ne nous a pas laissé la même liberté à l'égard de nos parents; d'ailleurs mon cousin a son

bon côté ; il est souvent l'homme le
plus occupé du département, continua le jeune homme en riant aux
éclats ; ses fonctions spéciales sont de
compter les couverts quand il y a gala
à la préfecture. Il est l'intendant supérieur de la cuisine départementale,
et prononce en dernier ressort sur le
nombre et la qualité des mets ; aussi,
depuis le règne de M. de Villèle, a-
t-on songé à en faire un député ; les
dîners ministériels ne compensant
pas à ses yeux l'ennui mortel d'une
séance à la chambre, bien qu'il fût
certain de n'y prendre jamais aucune
part, il n'a point voulu abandonner
sa tranquille obscurité. Mais ce qui
va t'étonner, Édouard, c'est que mon
cousin jouit de tous les honneurs de
la popularité. Il ne protége pas, mais
il n'intrigue contre personne ; il aime
à médire, et les autorités ne sont pas
plus épargnées que les plus obscurs

fonctionnaires ; comme les oiseaux moqueurs de l'Amérique, il répète tout ce qu'il entend dire sans y mettre aucune passion personnelle. Mon cher cousin n'est cependant disposé à montrer quelque velléité d'opposition que relativement aux centimes additionnels, par la raison qu'il est obligé d'en payer sa part ; sur tous les autres points, c'est le conseiller de préfecture modèle, et tu seras charmé de son esprit épigrammatique et de l'importance qu'il attache à ses hautes fonctions. J'espère, Édouard, que tu ne vas pas m'accuser de méchanceté, mais tout cela est si bizarre qu'il est permis d'en rire. Je te ferai la biographie de beaucoup d'autres personnages, aussitôt que l'occasion s'en présentera ; il est temps de faire nous-mêmes notre entrée solennelle à la préfecture... A quoi réfléchis-tu ?

— Charles, dit Édouard en se le-

vant pour suivre son ami, ces hommes
que nous voyons aujourd'hui occupant si mal les plus hauts emplois ne
pensent-ils donc pas à l'avenir, à la
postérité ?

— Parbleu ! répondit Charles, ils
pensent qu'ils n'y seront pas.

Les jeunes gens, se faisant jour avec
peine au travers des équipages et de
la foule d'oisifs qui remplissaient la
cour de l'hôtel, pénétrèrent enfin dans
le vaste salon où le bal allait commencer.

CHAPITRE XIII.

Un Bal à la préfecture.

Le chef-lieu d'une préfecture est devenu, dans notre nouvelle organisation politique, un centre dans la sphère d'activité duquel s'agitent une foule de petites passions et de petits intérêts dont l'observation peut offrir au peintre de mœurs d'excellents sujets d'étude. Les préfets se vengent ordinairement sur les membres inférieurs de la hiérarchie administrative de la profonde obséquiosité dont ils sont tenus envers les ministres. Le simple employé ne manque pas de faire supporter au public la mauvaise humeur qu'il a eue à essuyer, et voilà pourquoi, de ricochets en rico-

chets, le peuple a, de tout temps, été
dans l'opposition ; car, en retour de
son argent, il lui semble à peu près
juste de n'être pas rudoyé par ceux à
qui et pour qui il le donne. On ne se
figure point quelles peuvent être les
conséquences d'une digestion difficile
ou d'une contrariété ministérielle,
grâces à l'immense réseau qu'un habile despotisme a tissu pour la France,
et dont, depuis, on s'est fort bien ac-
commodé. Du ministre au préfet, du
préfet au dernier employé, que de
gens ont successivement à mettre à
découvert leur profonde servilité envers leurs supérieurs, et leur insolence envers leurs subordonnés! Cette
idée a été saisie avec un bonheur remarquable par un de nos meilleurs au-
teurs dramatiques, elle lui a inspiré
une comédie charmante dans laquelle
on voit que la perte d'un petit chien
rompt un mariage décidé, fait ren-

voyer des domestiques, et empêche la
nomination d'un ambassadeur. Voilà
la société.

Le bal auquel Édouard avait été
invité fut annoncé avec fracas dans le
journal du département, et la renom-
mée en porta l'éclatante nouvelle dans
toutes les gentilhommières de la con-
trée. Si toutes les personnes dont
l'ambition osa s'élever jusqu'à l'honneur prodigieux d'en faire partie
avaient été invitées, il est probable
que l'enceinte de la ville même n'aurait pu les contenir. Femmes ou
filles de maires, d'électeurs du grand
collége, d'inspecteurs, de contrôleurs,
de receveurs, et de tous ceux enfin qui
font partie de cette armée innom-
brable et vorace qui couvre le sol de
la France, toutes furent en émoi, et
attendirent dans les angoisses de l'impatience la bienheureuse lettre d'invitation scellée des trois fleurs-de-lis

préfectorales. Malheureusement pour
beaucoup de gens, M. Martin des
Andouillères, qui se mêlait plus des
listes d'invitations que des listes d'é-
lecteurs, se plaisait dans cette circonstance à faire briller son génie malicieux. Il aimait les fusions, et c'est
peut-être à cet honorable conseiller
de préfecture que nous devons l'ap-
plication en grand de cette heureuse
idée. Il faisait asseoir le libéral à côté
de l'*ultra*, l'incrédule auprès du con-
gréganiste, le militaire titré et infatué
des principes rigoureux de la dis-
cipline à côté d'un partisan de l'en-
seignement mutuel; aussi plusieurs
fois la fusion amena-t-elle une com-
plète anarchie dans les salons du
préfet, et les contredanses furent-elles
troublées par de bruyantes discussions
qui ne permettaient plus d'entendre
les sons non moins discordants des
violons du chef-lieu.

Tout n'est pas avantage dans la condition des courtisans de province; et si des journaux malencontreux ne les poursuivent pas chaque matin de leurs épigrammes; ils ont du moins à supporter les malins propos qu'on se permet sur leur compte, et qui, volant de bouche en bouche, de boutique en boutique, font en peu de temps le tour de la ville, et partent, de là, comme pour un voyage de long cours, pour les localités les plus éloignées du département. Le peuple, quoi qu'on en dise, observe bien; si son admiration n'est pas toujours bien acquise, c'est qu'il est facilement séduit par quelques actions bonnes en apparence; mais il n'en est pas de même quand il se plaint ou qu'il critique, alors il a un tact qu'on ne peut mettre en défaut.

Un nombre assez considérable de désœuvrés de toutes les classes de la

bourgeoisie , et de personnes qui ,
après une journée bien employée, aiment à goûter le plaisir de la promenade et à se mêler des affaires d'autrui,
remplissaient la cour de l'hôtel préfectoral. Au fur et à mesure que les
heureux invités étaient introduits
dans l'intérieur, ils étaient jugés par
de charitables citadins placés sur leur
route comme les esclaves chargés à
Rome d'insulter les triomphateurs,
pour leur rappeler le néant des choses
humaines. M. Maurice, l'un des plus
élégants tailleurs de la ville; M. Auguste, le coiffeur le plus accrédité
auprès du beau sexe, et madame Rosalie, couturière non moins célèbre,
formaient un groupe d'orateurs dont
les observations étaient ordinairement accueillies par les applaudisse-
ments immodérés de la foule qui les
environnait. Au moment où nos pri-
viléges d'historien nous permettent

d'augmenter le nombre des auditeurs, c'est madame Rosalie qui a la parole et qui exerce son talent pour l'observation sur une jeune dame fort jolie, qui, en descendant avec grâce d'un léger cabriolet, tend la main à un personnage décoré de plusieurs ordres.

— Habillée comme un fagot ! dit madame Rosalie d'un ton de dépit et de mauvaise humeur ; on voit bien que la robe à la grecque a été coupée par madame Giraud, qui donne plus de soins à ses mémoires qu'à son ouvrage. Une si jolie femme ! Son mari n'est pas riche, c'est vrai ; mais le général est si galant et si généreux ! et comme c'est son ami intime...

— Voisine, soyez donc plus aimable, ajouta le galant coiffeur, cela vous sera facile ; si vous oubliez que c'est madame Giraud qui a fait la robe de cette pauvre dame, et non pas vous.

— Pauvre dame! reprit la couturière, c'est parceque vous la coiffez que vous la défendez, Monsieur Auguste; mais je suis pour les mœurs, comme dit ce mauvais sujet d'avocat, M. Moretel, quand il vient me demander à allumer sa bougie le soir; si une bourgeoise comme nous s'avisait d'avoir des amants, aussi bien que ces grandes dames, ce serait un joli bruit dans le quartier; mais parcequ'on est riche on se permet tout.

— Ma chère Madame Rosalie, dit le tailleur, comme les bourgeoises ne viennent pas danser à la préfecture, on ne les voit pas en public avec leurs amants.

— Est-ce un compliment pour madame Maurice, mon voisin? répliqua la fière couturière... Paix! paix! voilà une jolie personne, avec ses parents sans doute; elle a l'air triste.... Comme elle est bien mise! Connaissez-vous ça, mes voisins?

— Un peu, répondit l'artiste en cheveux; si vous trouvez que ces nattes soient bien tressées, et que ces fleurs soient bien posées dans ces cheveux, vous pouvez m'en faire compliment. C'est Mademoiselle Athénaïs de... attendez, la fille d'un comte, d'un général, à ce qu'on m'a dit; la famille est du pays, mais la demoiselle est nouvellement arrivée de Paris, où elle était en pension.

— C'est ça, reprit la couturière, elles vont prendre ces grands airs à Paris pour les donner en dot à un de nos jeunes gens riches et bien élevés ... Tant qu'ils sont garçons, on les voit rôder autour de nous.... On espère, et pourquoi pas, voisin? quoique vous ayez un air de rire, je dis la vérité; mais une fois mariés à leurs

Parisiennes, ils ne nous regardent avec leurs lorgnons que pour dire : Sont - elles rococo ! Ont - elles une drôle de tournure ! Croyez-vous que je ne sache pas ce que je dis?

— Certainement, elle doit en savoir quelque chose, dit le coiffeur au tailleur ; elle a éprouvé ce malheur plus d'une fois.

— Qu'est-ce que vous dites, Messieurs?

— Nous disons, ma voisine, que vous avez bien raison. En voilà-t-il des danseurs.... du joli monde! ma parole d'honneur! Ah! le fameux banquier ***, avec son sucre de betteraves; il paraît qu'il fait de bonnes affaires : reste à savoir si son sucre ne sera pas amer pour ses actionnaires.

— Ah! voici M*** le médecin. Vous rappelez-vous, voisin, quelqu'un qui a été à la Mure au-devant de Napoléon, et qui s'est enroué à crier:

« Vive.......... C'est lui ; mais tout est changé, et il a dénoncé dernièrement son cordonnier, qui a été à la bataille de Waterloo, parcequ'il lui disait que les affaires allaient mal.

— C'est une horreur : le médecin est avec le président du petit tribunal de *** Mon père m'a dit que du temps de la révolution il était le président de la Société populaire, et qu'il ne fallait pas parler du bon Dieu devant lui ; a-t-il une fameuse cocarde blanche !

— Oh ! par exemple, c'est un peu fort ! Voilà la marquise de *** qui est dame de charité ; elle me doit plusieurs façons de robes que je n'aurai jamais. Croiriez-vous que cette belle dame, quand elle va au bal ou qu'elle dîne en ville, laisse un œuf à sa domestique, et qu'elle l'appelle gourmande quand la pauvre fille a mangé le jaune et le blanc ! Ah ! mon Dieu ! je ne me trompe pas, c'est M. Char-

les Moretel qui passe de l'autre côté
des voitures ; il va chez le préfet !...

— C'est un joli garçon, voisine, et
je suis son tailleur. Je suis sûr qu'il
ne va dans cet endroit-là que pour
s'amuser aux dépens de toutes ces
têtes à perruque.

— C'est un homme à ne plus voir ;
qu'il vienne encore chercher de la lumière chez moi!... Tiens! c'est singulier, je n'ai jamais vu le jeune
homme qui est avec lui.... Voilà un
beau garçon! à la bonne heure !

— Tenez, voisine, tout cela m'ennuie, faisons un tour dans le jardin
de ville, ce sera plus amusant.

— Je suis sûr qu'il y a meilleure
société qu'à la préfecture. Quel luxe
cependant!

— Eh bien! mon cher ami, dit le
tailleur, c'est cependant nous qui
payons les violons pour faire danser

tous ces gens-là, et ils nous appellent le peuple.

— Vous êtes bien bon, voisin, reprit le coiffeur, je les vois de plus près
que vous ; il nous appellent de la....
je ne veux pas prononcer ce mot-là.
Madame Rosalie, faites-moi l'honneur de me donner votre bras.

On sent que la plus grande partie
de ces observations se fit rapidement
et en moins de temps qu'il n'en faut
pour les lire ; nous avons cru devoir
nous borner à n'en rapporter que le
plus petit nombre, mais elles suffisent pour donner une idée au lecteur
de la composition du bal préfectoral
et de la perspicacité de M. Martin des
Andouillères.

Ce personnage remarquable accueil-
lit avec empressement et distinction
notre héros, qui lui fut présenté par
son ami Charles. Au nom de M. le
comte de Crossey, le fonctionnaire re-

leva ses besicles en or, et traça la moitié d'une ligne courbe avec la partie
supérieure de son corps maigre et sec;
il eut même la précaution de recom-
mencer trois fois cette opération ma-
thématique de politesse.

— Enchanté, Monsieur, d'avoir
l'honneur de faire votre connaissance,
dit-il avec toute la franchise dont est
susceptible un courtisan de chef-lieu
de préfecture. Si vous le permettez,
Monsieur le comte, je prendrai la liberté de vous présenter à notre honorable préfet; mais j'oubliais que vous
en étiez sans doute connu.

—Non, Monsieur, répondit Édouard,
mais l'invitation qu'il m'a fait l'honneur de m'adresser me fait penser que
du moins le nom que je porte ne lui
est pas étranger.

— Il ne peut l'être de personne
dans le département. Monsieur le
comte, reprit le fonctionnaire, car

vous êtes au nombre de ces gentilshommes dauphinois dont le nom était si célèbre sous l'ancienne monarchie.

— Et c'est un honneur, mon cher cousin, dit le malicieux Charles, que vous faites rejaillir sur la famille moins illustre de votre mère.

— Charles, répliqua le conseiller de préfecture en essuyant l'un des verres de ses besicles, vous me prenez au dépourvu. Défiez-vous de ce mauvais sujet, Monsieur le comte, il est capable de vous donner de très mauvais conseils.

— Pas plus que vous n'en donnez à M. le préfet, mon cher cousin. De la calomnie !... ah ! fi donc ! c'est tout ce que pourrait se permettre un membre du conseil d'État ; la médisance, mon cher cousin, c'est bien assez pour un conseiller de préfecture. Mais laissons cela ; nous ferez

3.   4.

vous l'honneur de nous dire, mon cher cousin, si nous aurons un bon dîner ?

— Ah ! s'écria le fonctionnaire avec un sourire de satisfaction, il faut attendre au soir, d'après un excellent proverbe, pour dire si le jour a été beau. Qui peut répondre de la supériorité d'un dîner, quand on songe que la sauce blanche la plus parfaite peut tourner en un instant, que le rôti peut brûler, que les compotes peuvent se dessécher? J'ai fait à notre chef, homme profond dans son art, et qui, au dernier dîner électoral qui nous a valu six députés, s'est distingué d'une manière si supérieure, les plus vives recommandations. Malheureusement il n'est pas partout, et vous savez que le meilleur général ne peut rien faire pour la postérité s'il n'est parfaitement secondé par ses officiers. Au surplus, vous jugerez bientôt des talents de no-

tre chef, qui daigne quelquefois écou-
tre mes humbles remontrances, car si,
sous le rapport de la théorie, il me reste
beaucoup à acquérir, je crois avoir un
certain degré d'expérience qui peut
suppléer à une instruction plus ap-
profondie. Avez-vous bon appétit,
Monsieur le comte?

—Cela dépend, Monsieur, répondit Édouard avec une sorte d'étonnement, tandis que Charles tenait les
lèvres serrées pour ne pas rire aux
éclats. Je ne pense pas que les besoins
les plus impérieux de la nature doi-
vent être satisfaits avec trop de sen-
sualité ; je dîne assez bien, car je suis
chasseur, mais c'est sans m'inquiéter
de la qualité des mets qu'on place
devant moi.

— Pardon, Monsieur le comte,
mais vous êtes un jeune homme inex-
plicable, dit le fonctionnaire avec
une surprise qui ne paraissait point

étudiée ; la manière de manger tient
aux fondements les plus essentiels de
l'ordre social ; surtout depuis l'heureuse invention des gouvernements
représentatifs. Ne professez pas, je
vous en prie , de semblables hérésies.
Au moins, Monsieur le comte, vous
êtes danseur? Nous avons des dames
charmantes qui ont un autre systè-
me; elles n'estiment un beau cavalier
qu'autant qu'il fait avec grâce des
ronds de jambes et des jetés-battus.

— Je crains, Monsieur, répliqua
Édouard, que sous ce rapport je n'ob-
tienne pas davantage l'approbation
des dames charmantes dont vous
parlez. S'il faut vous l'avouer; lorsque j'acceptai l'obligeante invitation
de M. le préfet, c'était moins dans
l'intention de briller à son bal que
dans celle d'avoir avec lui un moment d'entretien sur un sujet beaucoup plus grave.

—Certainement, Monsieur le comte, ajouta le fonctionnaire désappointé, M. le préfet sera charmé de vous être agréable ; il aime beaucoup les choses sérieuses après dîner.... Mais voici cet honorable magistrat lui-même... Monsieur le préfet, permettez-moi de vous présenter M. le comte Édouard de Crossey.

— Ah ! charmé, ravi, d'avoir le plaisir de vous voir, dit le préfet en saluant plusieurs fois de la tête le jeune homme, qu'il prenait ainsi le temps d'examiner.

—Je dois vous remercier, Monsieur le préfet, répondit Édouard avec politesse, de l'invitation que vous avez bien voulu me faire adresser. Quoique peu habitué à ces sortes de solennités, j'ai saisi avec empressement cette occasion de présenter mes hommages au premier magistrat de ce département.

—Fort bien, très bien, en vérité, reprit le préfet, je suis enchanté, Monsieur, d'avoir pu vous arracher à votre solitude. Un jeune homme charmant! Monsieur Martin, de la plus belle espérance; mais j'y songe, Monsieur Martin, j'ai à entretenir M. le comte de Crossey de diverses choses qui l'intéressent, veuillez m'aller attendre dans mon cabinet, où je vous communiquerai un évènement de la plus haute importance, qui me force à recourir à vos lumières. A ces mots le magistrat prit sans façon le bras d'Édouard, et fit avec lui plusieurs tours dans le salon, qui commençait à se meubler de toutes les notabilités du département.

— Cousin Charles, dit le conseiller de préfecture, votre ami est un ours, et un ours mal léché encore. Pourvu qu'il n'aille pas trancher du libéral avec M. le préfet!

— Je crois, mon cher cousin, qu'il

n'y manquera pas, car il est, comme
moi, infecté de quelques idées rai-
sonnables. Mais dois-je lui faire part
du jugement charitable que vous avez
porté sur son compte?

— Ah! mon cousin, oserez-vous
commettre une semblable perfidie?
Je vous laisse, j'aperçois un maudit
contrôleur des finances qui rôde autour de nous, et qui vient toujours
me parler du budget, de ses éternelles
répartitions, du cadastre et des centimes additionnels. J'ai tout cela en horreur; j'en mourrais, Charles; je n'en dî-
nerais pas : j'aime encore mieux m'en-
nuyer dans le cabinet de M. le préfet ;
on prend la pincette, ou une plume,
qu'on taille pour se curer les dents,
et cela fait passer le temps. Au nom
de Dieu! accompagnez-moi jusqu'à la
porte du salon.

— Je le veux bien, dit Charles en
riant et en accédant à la demande du

fonctionnaire épouvanté ; un contrôleur qui s'occupe de finances , c'est
un scandale inoui ! c'est un homme à
destituer. Voyez donc , mon cousin ,
avec quelle ténacité ce monstre administratif nous suit des yeux ! ne
craignez rien , vous êtes sous l'égide
de Minerve....

—Je voudrais bien vous y voir, cousin Charles ! Mais ici je suis à l'abri de
ses attaques, et je m'arrangerai de
manière que ce soir, du moins, il ne
me jettera pas son budget à la tête.

La conversation entre Édouard et
M. le préfet prenait en effet un cours
qui justifiait jusqu'à un certain point
les craintes de M. Martin des Andouillères.

—Eh bien ! Monsieur le comte ,
avait dit le magistrat, d'un ton moitié
protecteur, moitié badin, vous vous
faites donc des affaires ?... Je vous dirai
entre nous qu'il ne sied point à un

homme comme il faut de se mettre jamais en travers de l'autorité. Savez-vous que j'ai reçu contre vous des rapports foudroyants : on m'a assuré que vous nous aviez fait du tort aux dernières élections, et que ce n'était point votre faute si le candidat de l'opposition n'avait pas été élu. Je sais ce que vous allez me dire, la malveillance, quelques démarches innocentes mal interprétées. Oh, Monsieur! je vous crois, et ce n'est pas moi qui me plairais à suspecter les intentions des personnes de votre naissance.

—Mes intentions comme mes démarches, Monsieur le préfet, répondit Édouard avec cette gravité qui lui était habituelle, peuvent, je le crois, se passer d'un examen aussi indulgent. N'exerçant aucun droit politique, je n'ai pu malheureusement, comme vous le dites, lutter avec vous dans les élections ; j'ai seulement recommandé à mes amis un homme d'un caractère honorable et indépendant, et ce qui arrive aujourd'hui me fait regretter davantage qu'il n'ait point réussi.

— Comment donc, Monsieur le comte, reprit le préfet en faisant tous ses efforts pour réprimer un moment de mauvaise humeur, le candidat de l'administration ne réunissait-il pas tous ces avantages?...

— Pardon ! Monsieur le préfet, dit Édouard en interrompant le magistrat, je suis trop franc pour ne pas vous dire que sur un semblable sujet je craindrais de n'être point de votre avis ; mes opinions sont loin d'être favorables à la marche du ministère actuel, et je vous prie d'abandonner à cet égard l'entretien que vous voulez bien avoir avec moi. Je suis venu ici, Monsieur, avec l'intention de vous demander quelques renseignements sur plusieurs personnages de ma famille qui occupent un rang élevé dans le gouvernement et qui ont l'honneur d'être connus de vous. Mais une nouvelle qui m'a été donnée ce soir même, a singulièrement modifié les projets qui m'auraient mis dans le cas de vous importuner sur ce point.

— C'est précisément, Monsieur, reprit le préfet, où je voulais en venir, et je vois avec une vive peine que vous ne pensez pas aussi bien que l'auraient désiré les parents qui s'intéressent à vous. M. le duc d'Entremont, votre oncle, qui occupe un siége à la Chambre des pairs, vient de m'écrire à votre sujet : sa seigneurie a l'espoir de vous faire nommer à une sous-préfecture ou au rang de maître des requêtes au conseil d'État, maintenant surtout que la loi d'indemnité va vous faire recouvrer une partie de la

fortune que possédait votre famille. Je
vous engage beaucoup à entrer dans
les vues de sa seigneurie, à qui un
porte-feuille peut échoir d'un moment
à l'autre, quoique tout indique la durée du ministère qui gouverne l'État
pour le bien de la religion et celui de
la France.

— Je dois savoir beaucoup de gré
à sa seigneurie, dit Édouard avec
amertume, de ce qu'elle veut bien
s'occuper de mon sort lorsqu'une loi,
dont je suis loin d'approuver les principes, me met fort au-dessus de son
assistance. Veuillez donc, Monsieur
le préfet, annoncer à sa seigneurie,
qui aurait pu me faire l'honneur de
me consulter aussi,...

—Monsieur le préfet est attendu
dans son cabinet pour des affaires
d'importance, dit un laquais.

Le magistrat venait de pousser un
cri douloureux, car Édouard avait été

distrait en finissant sa phrase, et lui
avait marché sur le pied. Tout neveu
d'un duc qu'il était, comme il joignait
à cet avantage celui d'être grand et
fort, la pression d'une partie de son
corps avait fait un cruel effet sur l'or-
teil de M. le préfet. Il se confondit en
excuses, suivant l'usage, et M. le pré-
préfet l'assura, en faisant une effroya-
ble grimace, que cet accident involontaire n'était absolument rien, et
il s'éloigna aussitôt en faisant promettre à Édouard de reprendre une
conversation si mal à propos inter-
rompue.

Durant ce court entretien, on n'a-
vait pas manqué de faire circuler, dans
le salon préfectoral, divers bruits sur
Édouard, dont la nouvelle figure occupait nécessairement beaucoup de
personnes qui n'avaient rien de mieux
à faire. C'est, disait celui-ci, le neveu
d'un duc et pair sans enfants mâles.

— C'est un bien bel homme, ajoutait une dame; quel air noble et distingué! —Il a droit à l'indemnité, disait un troisième interlocuteur; comment donc! des droits considérables, près de deux millions. —Le charmant jeune homme! — Il a une figure bien spirituelle! Édouard, qui ne se doutait guère de l'examen dont il était l'objet, venait de saluer la comtesse Des-Marais et mademoiselle Athénaïs, brillante de grâce et de beauté. C'était même la découverte inattendue de ces dames dans une partie du salon, qui avait fait faire à Édouard un mouvement un peu brusque dont M. le préfet avait été la victime. En rendant son salut à Édouard, les dames, se levant à demi sur leurs fauteuils, eurent l'air d'indiquer un siége qui était vacant auprès d'elles. Il n'y avait pas moyen d'éluder cette tacite invitation, et Édouard traversa le salon recevant à droite et à gauche une foule de salutations auxquelles il avait de la peine à répondre, et d'œillades assassines dont il n'eut pas le temps de s'apercevoir.

Charles Moretel était auprès des dames, et les deux amis parurent également surpris d'en être connus. Après les compliments d'usage, madame la comtesse s'informa avec sa bonté ordinaire de la santé d'Édouard et de celle de M. Manuel: le général, qui se promenait avec un ancien compagnon d'armes, le quitta un moment pour venir saluer le jeune homme. Mais tout-à-coup les archets résonnèrent sous la voûte de l'hôtel de la préfecture, et à ce signal d'une gaieté de convention, chaque cavalier s'empressa d'offrir la main à une dame. La comtesse fut invitée par un marquis, maréchal de camp, dont la noble épée s'était reposée depuis la révolution, mais qui, à l'époque de la restauration, retrouva du

moins ses épaulettes et son courage.
Le général, qui ne dansait pas à cause
de ses blessures, fut entraîné dans une
pièce voisine où plusieurs tables de
jeu commençaient à se garnir de personnes échappées à la contredanse.
Un grand nombre de jeunes gens vin-
rent vainement solliciter la main d'A-
thénaïs ; elle fit à tous des réponses
évasives qui ne permettaient pas d'in-
sister ; à l'un, elle dit : Je vous suis in-
finiment obligée, Monsieur, mais je
ne sais si je pourrai danser ce soir ;
j'ai une migraine affreuse. A l'autre :
Monsieur, je vous remercie, je suis
priée pour une grande partie de la
soirée, et ses yeux levés de temps en
temps sur Édouard, semblaient lui
dire, c'est pour vous, pour vous seul
que je fais ce sacrifice. Ainsi Édouard,
Charles et Athénaïs restèrent à peu
près seuls dans la partie du salon où
ils se trouvaient, et bientôt les pi-

quantes observations du jeune avocat
donnèrent lieu à une conversation
dont les danseurs faisaient en partie
les frais. Il y en avait peu que les sarcasmes de Charles n'atteignissent pas.
Athénaïs, habituée au monde, montrait beaucoup d'esprit et de gaieté, et
quand elle donnait son opinion avec
autant de grâce que de légèreté, notre
héros se surprenait les regards atta-
chés sur elle, et prodiguant ainsi à la
belle Athénaïs une dangereuse admiration.

— Mon ami paraît encore aba-
sourdi de sa conversation avec M. le
préfet, dit Charles, et il ne semble pas
prendre un immense plaisir à une
réunion si originale, c'est-à-dire où
il se trouve tant d'originaux. Je vois
cependant danser le receveur-général
avec la première présidente de la Cour
royale, et M. le procureur du roi
chasse dans ce moment avec une ba-

ronne qui a plus de trente quartiers, quoique le magistrat soit un peu roturier. La belle chose qu'une révolution !

— Prenez garde, Monsieur Moretel, répondit Athénaïs, je suis une bonne royaliste, et je n'aime pas qu'on se rie trop ouvertement de ce qu'on est convenu d'appeler, dans un certain monde, les vieux préjugés. Si vous tirez sur mes troupes, je ferai feu sur les vôtres, car je vois d'ici un banquier libéral, très libéral même, qui danse avec la femme du conservateur des forêts, et cela sans doute pour obtenir de meilleures conditions à la prochaine vente des bois de l'État.

— Il est très vrai, Mademoiselle, ajouta Édouard, qu'il y a partout des ridicules, tant l'intérêt privé est aveugle. Mettons à part les opinions politiques, qui, à mes yeux, sont des sentiments graves et respectables, un bal est une sotte chose.

—A la préfecture, Monsieur de Crossey, vous avez bien raison; ne remarquez-vous pas cette gaieté officielle répandue sur tous les visages, ces regards en dessous que chacun adresse à son voisin, ces confidences dominées de toute part par la crainte qu'on a de se compromettre; il n'y a rien ici, jusqu'aux cravates raides et empesées de ces jeunes gens, qui n'ait son côté amusant.

—Et vous ne parlez pas, Mademoiselle, s'écria Charles, du rouge de ces dames et des mines de nos jeunes héritières, qui, en donnant la main à leur cavalier, semblent dire, Monsieur, je sors du couvent, j'ai dix-neuf ans, six mille francs de rente et des espérances; et le jeune homme, en faisant une glissade, semble répondre, Mademoiselle, je suis un fort joli garçon, juge auditeur; je n'ai rien encore, mais j'ai un oncle député et qui n'a pas une boule noire sur la conscience. En vérité, c'est charmant, on se croirait au faubourg Saint-Germain.

— Ah, Monsieur Moretel! reprit Athénaïs, M. de Crossey a sagement exclu la politique de nos observations, et je dois vous rappeler à l'ordre.

— J'en demande pardon au faubourg Saint-Germain, Mademoiselle Athénaïs, continua Charles en riant, mais je ne connais pas de plus grand malheur que celui de devenir amoureux d'une demoiselle du côté droit; à ce mot, les paniers et les coiffures à trois étages du temps de madame de Pompadour m'apparaissent dans tout leur éclat; j'aime mieux la gracieuse simplicité des demoiselles du côté gauche. Puis-je avoir l'honneur de vous offrir cette glace, Mademoiselle ?

— Monsieur de Crossey, dit Athénaïs, au nom de la vieille urbanité française, venez à mon secours. Non, Monsieur, je n'accepterai point la glace que vous m'offrez ; je craindrais qu'il n'y eût au fond quelque épigramme contre moi.

— Je serai peut-être plus heureux que mon ami, reprit Édouard en offrant à Athénaïs la glace que lui présentait Charles; et si, pour vous venger comme vous le désirez, je ne puis trouver de traits satiriques, je dirai seulement qu'il est malheureux qu'on puisse avoir de l'esprit et de la raison en oubliant qu'on s'adresse à une jeune personne aussi belle qu'aimable, de quelque côté que puissent la porter ses sentiments.

— Après une critique aussi sévère de mes plaisanteries, Mademoiselle , ajouta Charles, je dois m'empresser de déclarer que je suis vaincu, et désormais le faubourg Saint-Germain sera au nombre des choses que je respecterai, comme les vertugadins de ma grand'mère.

— On demande un rentrant à la bouillotte, à la table de M. le préfet, s'écria un laquais aux portes du salon.

— A la table de M. le préfet! dit Charles; veuillez m'excuser, Mademoiselle, je vole au secours de notre premier magistrat. Édouard, je te retrouverai au souper, qui, si j'en crois les allées et les venues empressées de mon honorable cousin, ne peut tarder à être servi.

Édouard et Athénaïs, que les circonstances isolaient ainsi de la foule qui prenait part à la fête préfectorale, furent un moment embarrassés de leur tête-à-tête. Édouard, dans la

crainte d'être impoli, proposa d'abord
une contredanse qui fut acceptée ; la
main d'Athénaïs trembla dans la
sienne, et, suivant l'usage, ils échan-
gèrent en dansant quelques mots insignifiants. Tout-à-coup Athénaïs
parut réellement incommodée , et
Édouard s'empressa de la reconduire
à sa place.

— Avez-vous besoin de secours ,
Mademoiselle ? dit Édouard avec intérêt.

— Celui que vous m'avez prêté me
suffit, répondit Athénaïs ; j'aurais été
trop malheureuse, Monsieur, si j'a-
vais pu méconnaître deux fois les ser-
vices que vous voulez me rendre.

— J'ignore, Mademoiselle, à quelle
circonstance vous voulez faire allusion, ou du moins j'espère que vous
ne voulez pas rappeler un événement
qu'il est convenable d'oublier pour
toujours.

—Votre générosité me charme sans m'étonner, Monsieur, mais permettez-moi de reconnaître mes torts; ils seront long-temps présents à ma mémoire, et je vous devrai l'avantage de savoir triompher à l'avenir d'un caractère irréfléchi, pour ne pas dire plus. Ah, Monsieur de Crossey! qu'avez-vous dû penser de moi?

— Encore une fois, Mademoiselle, je vous supplie de ne pas continuer ce sujet de conversation, qu'il me serait si pénible d'entendre. D'ailleurs, ajouta Édouard en souriant, si, contre mon attente, je me voyais encore forcé de vous adresser la même prière, je prendrais le parti de vous menacer de M. Moretel; il peut revenir à chaque instant, et que ne dirait-il pas s'il entendait seulement quelques mots d'une explication de ce genre!

— C'est une crainte que je pourrais braver, dit Athénais d'une voix émue,

si elle n'entraînait avec elle celle de
vous affliger en résistant à un désir
qui vous honore.

Probablement Édouard eût appli-
qué un baiser sur la jolie main qu'il
tenait encore dans la sienne, s'il se
fût trouvé dans la même situation, en
tout autre lieu, où moins de regards
observateurs et curieux auraient été
dirigés sur lui. Mais à cet âge, où les
impressions du cœur sont si soudaines
et si vives, la nature nous donne aussi
les moyens de les exprimer sans le
secours du langage. Ils gardèrent tous
deux le silence, et seulement de temps
en temps leurs yeux se rencontraient et
brillaient du feu de leurs pensées. Une
subite rougeur avait coloré le teint
d'Athénaïs ; l'espoir de la victoire qui
l'agitait, ce sourire tremblant et léger
qui prouve l'incertitude d'un bonheur
dont le moment qui va suivre semble
nous promettre la jouissance, ces pal-

pitations impétueuses qui sont un combat entre l'amour et la pudeur, ajoutaient encore à son éclatante beauté. Édouard se laissait peut-être entraîner à ce penchant invincible et mystérieux qui domine les passions du jeune âge. Un nuage semblait être tombé sur ses yeux, mais c'était seulement pour leur voiler tout ce qui n'était pas Athénaïs; son cœur battait avec force, la parole expirait sur ses lèvres comme un murmure inintelligible, et son esprit exalté, en se dépouillant de ses souvenirs, ne pouvait plus accueillir les tardifs avertissements de la raison et du devoir. Mais dans ce moment le son bruyant des instruments cessa tout-à-coup; une sorte de tumulte occasioné par la foule des danseurs qui regagnaient leurs places, annonça que le bal était suspendu, et que le triomphe de M. Martin des Andouillères allait commencer, c'est-à-dire que le souper était servi.

— Victoire! victoire! dit Charles, qui accourut alors auprès d'Édouard et d'Athénaïs, j'ai fait sauter le préfet, deux conseillers de préfecture et un conseiller de la Cour royale; mais, Édouard, devinerais-tu ce que M. le préfet avait de si pressant à communiquer à mon honorable cousin? Je ne veux pas te faire languir : il est arrivé ce soir, de Paris, un inspecteur général des finances, un homme à qui M. de Villèle dit : Mon cher... Il s'agissait de lui faire croire que la fête se donnait en son honneur, et il fallait en même temps que le dîner administratif répondît convenablement à ce premier mensonge. Enfin M. le préfet n'était pas sans crainte, car un personnage qui dîne souvent au ministère des finances doit avoir un goût difficile à satisfaire. La truffe parfumée, le chapon délicat, le poisson délicieux, tout cela lui est connu. Jamais mon cousin ne fut chargé d'une affaire plus importante, et le désespoir de Vatel peut donner une idée de son agitation. Enfin, mon cher Édouard, et je m'empresse de vous l'apprendre aussi, Mesdames, ainsi qu'à vous, Général, j'ai la satisfaction de vous annoncer que mon cousin a sauvé l'honneur du département. M. le receveur général devait donner demain un grand dîner, et se rendant aux vives instances de M. Martin, il a sacrifié une truite superbe pêchée hier soir dans le lac de Genève, et une douzaine d'ortolans réunis avec peine sur un plat d'argent, bardés de lard et bourrés de truffes. Madame la comtesse, veuillez accepter ma main.

—Général, dit Édouard riant encore, comme les autres auditeurs, de la saillie de son ami Charles, permettez-moi d'offrir la main à mademoiselle !

— M. de Crossey, répondit le général, je n'ai pas l'habitude de contrarier Athénaïs, et je m'aperçois qu'aujourd'hui ce n'est pas moi qu'elle a choisi pour cavalier.

Le souper préfectoral fut digne de la complaisance des contribuables qui en avaient payé les frais. M. Martin des Andouillères était triomphant, car un sourire approbateur parut plusieurs fois sur les lèvres du haut fonctionnaire des finances. Le petit nombre d'invités auxquels le lecteur s'intéresse vraisemblablement, forma à l'issue du repas, une espèce de comité particulier, où un peu d'esprit et de gaieté offrit une assez vive opposition avec la lourde étiquette administrative qui régnait dans le reste du salon. Quand le général eut demandé sa voiture, il engagea Édouard à venir visiter son hôtel, pied-à-terre

charmant qu'il possédait au chef-lieu;
dans ce moment, Édouard éprouvait
la pression légère, mais si douce d'une
main blanche et potelée qui ne lui
permit pas de refuser cette invitation.

CHAPITRE XIV.

Un moment d'erreur.

Si parmi mes chastes et belles lectrices il en est qui tiennent encore à trouver dans un héros de roman cette fidélité solide qu'on suppose gratuitement aux amants du XIIe siècle, mon devoir est de les engager à passer ce chapitre. Cependant, bien que je regrette avec elles le temps des amours durables, je prendrai humblement la liberté de leur faire observer qu'on a voulu esquisser dans ces pages quelques traits de l'histoire contemporaine, et que c'eût été commettre un véritable anachronisme de mœurs que d'y peindre un jeune homme héritier de l'héroïque fidélité des anciens paladins. C'est donc en gémissant sur les progrès toujours croissants de la perversité humaine, qu'on va continuer ce tableau, où l'on a été forcé d'accorder une si grande part aux mœurs nouvelles.

Charles habitait le premier d'une jolie maison située dans un quartier peu fréquenté et près des remparts de la ville; cela pouvait être très incommode pour les clients, mais un jeune légiste, vif, enjoué et aimant le plaisir, ne s'inquiétait guère de ce léger inconvénient, racheté pour lui par tant d'avantages. Au rez-de-chaussée de la maison demeurait madame Rosalie, habile couturière, dont les vingt-sept ans, sur lesquels elle avait l'habitude d'en retrancher au moins cinq, l'embonpoint, la fraîcheur, les yeux vifs et les cheveux d'un beau noir ne manquaient pas de courtisans. Était-elle vertueuse? Elle avait soin

de le dire bien souvent, et ses voisines,
qui étaient au reste en petit nombre,
glosaient peu sur sa conduite, c'est-
à-dire qu'elle avait autant de prudence
que d'adresse. Elle avait abdiqué depuis long-temps le titre un peu am-
bigu de demoiselle, pour la dénomina-
tion plus respectable sous laquelle nous
avons eu l'honneur de la présenter au
lecteur. Comme dans les villes de province la propriété moyenne l'emporte
sur la grande, les maisons, commu-
nément, n'ont point de portes co-
chères, et par conséquent on ne
trouve point de ces sapajous bavards,
curieux, et si souvent impolis, qu'on
appelle à Paris des portiers. C'était
madame Rosalie qui, autant par complaisance que par désir de s'instruire,
rendait à M. Charles Moretel le service
d'indiquer sa porte aux personnes qui
demandaient le jeune avocat. Défen-
seur, par état, de la veuve et de l'orphe-

lin, comment M. Charles n'aurait-il
pas accordé quelque intérêt à la com-
plaisante et surtout jolie couturière ?
Quand il rentrait chez lui le soir, il
trouvait presque toujours la porte du
rez-de-chaussée entr'ouverte ; les jeunes ouvrières s'étaient retirées, et une
brune piquante travaillait seule à la
clarté de sa lampe. On entrait donc
sous le prétexte de prendre du feu ;
il faisait chaud, ou bien on était las ;
on s'asseyait un moment ; comme on
avait de l'esprit, on ne laissait pas
languir la conversation... Nous n'a-
vons aucun document assez positif
pour nous permettre d'ajouter quelque chose à ces détails.

C'était vers cette maison de la rue
à laquelle on a conservé le grand nom
de Bayart, que les deux amis se diri-
gèrent quand la soirée préfectorale
fut entièrement terminée. Il était un
peu plus de minuit, et, à cette heure,

le calme du chef-lieu de département n'était à peu près troublé que par les autorités chargées de le maintenir ; mais quand le pouvoir ne veille que pour danser, le citoyen peut du moins dormir tranquille. Le passe-partout de Charles tourna dans la serrure, et la porte massive de l'allée roula sur ses gonds ; mais le bienheureux rez-de-chaussée était ouvert ; et, quelque envie qu'eût Charles de dérober à son ami les petits secrets de son voisinage, il fut forcé de répondre à la voix féminine qui cria : Qui est là ?

— Ah ! c'est vous, Monsieur le bon sujet, dit aussitôt madame Rosalie en entendant la réponse de Charles. Pardon, Monsieur, ajouta-t-elle en baissant timidement les yeux, car elle venait d'apercevoir Édouard, le beau garçon qu'elle avait remarqué dans la cour de l'hôtel du préfet.

— Bonsoir, ma jolie voisine, répondit Charles. Comment vous portez-vous? il a fait aujourd'hui une belle journée.

— Donnez-vous la peine de vous asseoir, Messieurs, reprit la voisine d'une voix plus timide encore en voyant dans l'appartement les jeunes gens qui sans doute étaient entrés par distraction ; il n'y a pas besoin, Monsieur Charles, de vous demander d'où vous venez si tard.

— Il n'y a pas du moins d'indiscrétion à cela, dit Charles avec une indifférence étudiée ; je viens d'assister à une consultation d'avocats, pour une affaire très importante et qui intéresse Monsieur, mon ami d'enfance, dont je suis chargé de défendre la cause. Mais que Dieu bénisse mes dignes confrères, ils vous laisseraient mourir sans y faire attention quand une fois ils prennent la parole sur une question de droit ; c'est comme ma jolie voisine quand il arrive des

modes de Paris qui n'ont pas le bonheur de lui plaire, et que quelqu'un
s'avise de louer devant elle.

Édouard regardait tour à tour, avec
un étonnement comique, et son ami
qui mentait avec tant d'effronterie, et
la voisine qui, riant à gorge déployée,
montrait avec un peu d'affectation
deux superbes rangées de dents blanches, et menaçait Charles avec l'index
de la main droite. Les regards d'É-
douard semblaient dire dans ce moment, comme Dorante des *Jeux de l'A-
mour et du Hasard* : Vous ne m'aviez
pas parlé de cet amour-là, Lisette.

— C'est singulier, reprit enfin la
voisine en entremêlant ses paroles de
quelques éclats de rire sardoniques,
j'aurais juré que vous étiez au bal à la
préfecture, si vous ne me parliez pas
de votre consultation avec cet accent
de vérité qui ne permet pas de douter de ce qu'on dit.

Le rire se communique comme le bâillement et l'ennui, et les deux amis se virent contraints, par cette loi de la nature, à imiter l'intrépide rieuse, qui, appuyant ses mains sur sa taille, recommença de plus belle à faire retentir son modeste atelier des éclats de sa gaieté.

—Sans doute, reprit-elle, Monsieur Charles, vos confrères étaient en robes, mais je doute fort qu'ils portassent des bonnets carrés, à moins que ce ne soit une nouvelle mode arrivée de Paris par le télégraphe... Ah! pardon, Messieurs, mais je n'y puis résister...

—Il paraît, Madame, dit Édouard dont la bonne humeur semblait avoir vaincu l'habituelle gravité, que mon ami perdra ce soir son procès avec vous, et que vous ne voulez pas l'en croire sur parole. Allons, Charles, amende-toi, tu es vaincu, avoue-le de bonne grâce, et madame te pardonnera sans doute.

— Croyez, Monsieur, répondit la couturière en minaudant et en pinçant les lèvres, que je n'ai rien à pardonner à M. Charles.

— C'est très vrai, ma jolie voisine, reprit Charles; mais je demande la remise de la cause, mon ami et moi nous avons besoin de repos.

— C'est juste, dit la couturière, j'oubliais les fatigues que la consultation a dû vous causer.

— Adieu, ma jolie voisine, je vous souhaite une bonne nuit.

— Madame, j'ai l'honneur de vous saluer.

— Bonsoir, Messieurs.

La porte du rez-de-chaussée fut fermée; un instant après la lampe s'éteignit, et madame Rosalie se mit au lit en soupirant. Nous tenons d'une source authentique, c'est-à-dire d'une voisine charitable à qui madame Rosalie fit des confidences long - temps après cette soirée, qu'elle rêva toute la nuit au joli garçon qui accompagnait M. Charles, et qu'elle eut beau se retourner dans sa couchette, elle trouva partout son image qui remplit son sommeil.

—Voilà ton lit et voilà le mien, dit Charles en ouvrant une vaste alcôve, tu vois que l'amitié est prévoyante.

—Charles, dit Édouard en se couchant, je crois que ta voisine est fort jolie, et que tu fais bien de lui donner ce nom.

—Allons, allons, jeune cénobite, oubliez-vous déjà votre rigidité de Spartiate ?

—Mon ami, il n'y avait à Sparte, bien certainement, ni avocats aussi hospitaliers que toi, ni couturières aussi aimables que ta voisine.

— Parbleu! je le sais bien, dit Charles en accompagnant ces mots d'un bâillement prononcé. Adieu... A propos, sais-tu que mademoiselle Athénaïs Des-Marais est une belle créature? Je me souviens, Édouard, que j'en suis amoureux depuis long-temps. Ne va pas me l'enlever au moins ; je me défie des philosophes qui sont jetés dans le moule d'un bel homme.

—Je t'avoue, mon ami, répondit Édouard d'un ton de voix moins assuré et en soupirant malgré lui, que je n'ai pas le même droit d'y penser un moment.

— C'est cela, mon ami ; songe à ta perle de vertu, à cette jolie vierge du hameau, comme on appelle maintenant une paysanne fraîche et robuste, et dont tu me parlais tantôt.

—Bonne nuit, Charles, dit Édouard brusquement.

—Adieu, Édouard... Ah! je voulais te dire encore quelque chose. Que penses-tu de mon honorable cousin? Ne remplit-il pas bien ses fonctions de conseiller de préfecture?

—Tu es un impitoyable questionneur, Charles; ton cousin a plus l'air d'un singe que d'un respectable fonctionnaire.

— Pas mal, pas mal, c'est charmant! Tu as aussi produit sur lui un singulier effet; il m'a dit que tu étais un ours mal léché. Pour cette fois, adieu, Édouard.

Si le jeune Charles Moretel, avec sa tournure d'esprit que rendait plus piquante encore beaucoup d'aisance dans les manières et une mise recherchée, était un infatigable amateur des plaisirs et de la vie de garçon, il était aussi un avocat plein d'exacti-

tude et d'activité. Malgré la légèreté
de principes qu'il affichait souvent,
il était d'une probité sévère; humain
et généreux, il prêtait libéralement
l'appui de son talent à quiconque le
réclamait, et jamais il ne s'informait
de la fortune du client qui s'adressait
à lui. Dès le lendemain, il s'occupa
de l'affaire d'Édouard, il recueillit un
grand nombre de pièces qui lui étaient
nécessaires pour former la demande
en indemnité; mais l'expédition de
quelques unes d'entre elles exigeait
plusieurs jours de délai qui auraient
forcé Édouard à prolonger son séjour
à Grenoble, si diverses circonstances
que nous devons fidèlement rapporter ne l'y avaient encore engagé. Il
écrivit donc à M. Manuel pour que
son absence ne causât point d'inquiétude au bon curé, et il s'abandonna,
en attendant la conclusion de ses affaires, au charme décevant des plai-

sirs dont pour la première fois il éprouvait la puissance. C'est la volonté de la nature que l'homme supporte dans sa vie diverses crises morales en harmonie avec son organisation, et auxquelles il ne peut échapper que bien rarement. Comme la plante ne peut être ravie sans danger aux influences climatériques, l'homme qui porte dans son sein le germe brûlant des passions n'évite point son développement, qui doit tôt ou tard produire en lui son effet énergique.

Charles assistait à l'audience une partie de la journée; il recevait ses clients, s'occupait beaucoup de ses affaires, et ce n'était qu'après avoir ainsi rempli tous les devoirs de sa profession qu'il pouvait accorder quelques instants à l'amitié. Il prenait ses repas avec Édouard, qui continuait à loger chez lui, et le soir les deux amis, après avoir passé quelques instants chez la jolie voisine, regagnaient la chambre hospitalière où ils se trouvaient réunis. Lorsque Charles, sous le prétexte de quelques affaires, rentrait un peu tard au logis commun, il trouvait Édouard en conversation réglée avec madame Rosalie, et il s'aperçut bientôt que son retour inquiétait beaucoup plus la voisine que son absence. Quand il s'avisait de dire qu'il avait été retenu malgré l'heure avancée de la nuit, on lui objectait, en souriant à Édouard, qu'il se trompait, que sa montre avançait sans doute, qu'il n'était pas aussi tard qu'il le croyait. Charles pensait que cela signifiait qu'il venait beaucoup trop tôt, et que la voisine ne comptait pas les instants que son ami passait auprès d'elle. Peut-être était-il fort content de la légèreté de madame Rosalie, mais il craignait qu'Édouard ne fût dupe de sa coquetterie ; aussi se permettait-il les sarcasmes les plus sanglants sur leurs tête-à-tête, et il racontait en particulier à Édouard quelques histoires un peu graveleuses qui ne devaient pas lui donner une bonne opinion de la couturière.

Édouard s'était rendu à l'invitation du général ; il avait revu Athénaïs, mais en présence de ses parents. Il s'était trouvé heureux que cette circonstance ne lui eût pas permis d'avoir avec elle un second entretien où il eût joui de plus de liberté que dans les salons de la préfecture. Cependant, en la quittant, son cœur s'était serré ; il était de mauvaise humeur, une sorte de tremblement convulsif agitait tout son corps, son front était brûlant, et il y portait souvent sa main tremblante. Il s'interrogeait lui-même sans pouvoir se rendre compte de l'agitation de son esprit en proie au désordre d'une foule de pensées tumultueuses.

—Que se passe-t-il donc en moi? disait-il en marchant à grands pas; qu'est devenue cette douce paix qui m'a si long-temps environné? O ma Cécile!... osé-je bien prononcer ce nom chéri, ce nom que mes lèvres ne répètent plus qu'en frémissant! Oui, je connais la honte et le désespoir! Mais qui a mis dans mon sein ce feu qui me dévore? Athénaïs est belle; j'ai oublié, en la voyant, ses outrages et mon humiliation. Je l'aime!... je l'aime!... Non, non! je suis dans le délire, un autre amour remplit mon cœur pour toujours! Faible Édouard! la vue de quelques femmes t'a plongé dans cet effrayant délire! Des femmes!... Oh! qui me délivrera de ces tourments?

—Eh bien! Monsieur, vous montez sans lumière et sans clef? dit madame Rosalie d'une voix douce et pénétrante, à Édouard qui passait devant sa porte préoccupé des bizarres idées qu'il venait d'exprimer.

— Pardon ! Madame , répondit Édouard, mon ami n'est donc pas chez lui? Et il jeta sur la voisine un regard dangereux, car elle était dans le simple appareil d'une jolie femme qui n'attend point de visites de cérémonie. Il entra donc sans trop songer à ce qu'il faisait, et c'est aussi sans trop y songer qu'il ferma la porte...

Athénaïs aimait, et sa mère , indulgente et douce , confidente de ses pensées , se trouvait heureuse d'avoir recouvré la tendresse d'une fille chérie dont elle avait eu si souvent à déplorer le caractère impérieux et fier. Mais l'éducation la plus fausse a de la peine à vaincre notre naturel, qui, bon ou mauvais, finit toujours par se montrer tel qu'il est dans quelques circonstances de la vie. Ainsi Athénaïs, élevée dans un de ces pensionnats d'une funeste célébrité, où les personnes du sexe qui appartiennent à de riches familles ne reçoivent que de faux principes sur la société, ne sont initiées qu'à une morale dangereuse, ne s'était point montrée jusqu'alors ce qu'elle était réellement. On lui avait appris à mépriser la pauvreté et le travail ; aussi la simplicité de sa mère, ses goûts d'économie, ses penchants pour les classes laborieuses, excitaient-ils son dépit, et la portaient-ils quelquefois à oublier le respect qu'elle devait à l'auteur de ses jours ; respect qu'inspire la nature, et que d'absurdes institutions s'efforcent de détruire dans de jeunes cœurs. Son imagination était vive, sa sensibilité, échauffée par le goût des beaux-arts, était expansive et irréfléchie ; aussi, comme la religion qu'on lui avait enseignée ne consistait que dans des pratiques extérieures, dans des croyances superstitieuses, elle avait failli être la victime d'un abbé de Saint-Ange, modèle trop vrai pour n'être pas reconnu, de cette foule d'insensés qui, jouant avec leurs passions, remplacent la foi par le fanatisme, et la piété par un zèle coupable. Un sentiment profond et irrésistible avait épuré le cœur d'Athénaïs; l'exaltation de ses idées religieuses, la folie de ses idées politiques, s'étaient, pour ainsi dire, confondues dans son amour pour Édouard. Les séductions habiles et insinuantes d'un homme que son caractère social rendait si dangereux pour elle n'avaient pu l'atteindre; les brillantes mais fades galanteries des salons de la capitale lui avaient à peine arraché un sourire équivoque, mais regard d'un jeune homme simple, étranger aux usages du grand monde, d'une politesse dont les formes, si trompeuses en général, étaient rehaussées en lui par un caractère noble et énergique, un regard d'Édouard, enfin, avait décidé du destin de sa vie. Elle connaissait cette mélancolie tendre et languissante qui accompagne les premières pensées de l'amour, ces premières peines du cœur que de vagues rêveries conservent dans notre esprit. Son amour était enthousiaste comme tous les sentiments qui l'avaient précédé dans son cœur. Édouard ne lui apparaissait que sous des formes héroïques ; sa physionomie mâle et fière, sa démarche grave et imposante, l'air de méditation qui lui était habituel, et qui donnait à ses traits une apparence sévère, tout en lui se présentait à son imagination exaltée comme les signes d'un grand avenir.

Elle était seule dans l'appartement qu'elle occupait de préférence quand ses parents habitaient la ville ; elle avait éludé l'invitation qui lui avait été faite d'aller rendre quelques visites avec eux, et elle parcourait, avec une attention extrême, un *album* placé sur ses genoux, quand un domestique annonça M. de Crossey. Elle eut à peine le temps de fermer ce recueil de dessins, dont la plupart étaient son ouvrage, qu'Édouard, introduit auprès d'elle, l'avait déjà saluée et s'était assis sur le siége que le laquais lui avait avancé. Ils parurent d'abord comme intimidés l'un et l'autre de l'isolement dans lequel ils se trouvaient; mais comme la politesse l'exigeait, Édouard s'empressa cependant de s'excuser de troubler, par sa présence, la solitude de mademoiselle Athénaïs.

—Je serais bien malheureuse, Monsieur, répondit-elle, si je n'avais pas l'assurance de n'avoir rien fait qui puisse vous donner une semblable idée.

— Pardon, Mademoiselle, reprit Édouard, on craint toujours de ne pas posséder une faveur si précieuse. Mais je m'aperçois que du moins je suis venu vous ravir à une occupation dont je ne me crois pas le don de vous dédommager.

— Vous êtes injuste envers vous, Monsieur ; je parcourais sans aucune intention bien précise cette collection de croquis, dont je suis loin d'être contente.

— Est-ce une indiscrétion que de vous demander la permission d'y jeter les yeux ? Si ces croquis sont votre ouvrage, comme je le présume, je crains avec raison de n'être point de votre avis.

— Tenez, Monsieur, jugez-moi, dit Athénaïs en présentant l'*album* à Édouard d'un main tremblante.

— Bien, très bien ! s'écria Édouard

en parcourant plusieurs pages; on voit, Mademoiselle, que vous avez eu l'occasion d'étudier nos meilleurs paysagistes, quoique la manière moderne, et en cela je ne sais si j'ai le droit d'exprimer mon opinion, s'éloigne beaucoup trop de celle de Salvator-Rosa, que j'aime par-dessus tout. Je ne voudrais pas qu'on sacrifiât trop la nature à ce qu'on est convenu d'appeler de l'effet ou du pittoresque, car la nature fait toujours mieux que nous à cet égard.

— Votre observation, Monsieur, est fort judicieuse, et elle annonce un sentiment vrai et surtout éclairé de cet art enchanteur.... Qu'avez-vous, Monsieur?

Édouard venait de rencontrer, en feuilletant l'*album*, un dessin dont le sujet et l'exécution l'avaient frappé d'étonnement; un saisissement involontaire l'avait tout-à-coup agité.

Ses yeux n'abandonnaient l'esquisse
qui avait produit cet effet sur lui
que pour se reporter sur Athénaïs,
presque aussi émue que lui, avec un
mélange d'admiration et d'intérêt.
On concevra sans doute cet incident,
quand on saura que le sujet de ce
dessin, exécuté avec un vrai talent,
était la scène qui sert d'introduction
à cette histoire. Le paysage avait été
retracé avec beaucoup d'exactitude,
mais surtout les personnages placés
sur le premier plan avaient été grou-
pés avec un art merveilleux. Les traits
d'Édouard étaient remarquables par
leur ressemblance, et l'artiste s'était
attachée à faire ressortir la noble indignation qu'ils exprimaient au moment
de l'action que rappelait le dessin.

— Enchanteresse ! s'écria Édouard
avec passion. Oh pardon, Mademoiselle, mais je n'ose en croire mes yeux.
Grand Dieu ! quelle cruelle idée vient

tout-à-coup me frapper! ajouta-t-il
en pâlissant et avec un désespoir con-
centré; est-ce l'humiliation que j'ai
reçue que vous avez voulu conserver
dans ce dessin, sur lequel j'étais prêt à
porter mes lèvres, et que maintenant
je suis sur le point d'anéantir? Édouard
de Crossey ne vous aurait-il revue que
pour gémir de sa condescendance et
de sa facilité à oublier les injures?

— Non, non! dit Athénaïs d'une voix
altérée, je ne saurais résister à cet
injuste et cruel soupçon! Édouard....
Monsieur, rejetez cette affreuse idée....
ayez pitié de moi.

— Ainsi donc, reprit Édouard avec
la même chaleur, et tandis que ses
traits, mobile image des passions qui
l'agitaient, s'embellissaient de l'éclat
d'une joie délirante; ainsi donc c'est
un sentiment dont je dois être plus
fier qui guida votre crayon! Athénaïs,
celui qui connut long-temps le mal-

heur, dont le caractère fut aigri par
de si longues, de si pénibles misères,
pouvait-il espérer un triomphe aussi
doux? Oh! que le soupçon dévorant
qui a un moment rempli mon cœur
était triste!

— Quel est donc votre pouvoir? dit
Athénaïs tremblante et éperdue; votre
colère m'a fait frémir, et le sourire
que je vois maintenant sur vos lèvres
ressemble pour moi à l'espérance.
Ne détruisez pas cette dernière illu-
sion; quand j'esquissai cette ébauche
imparfaite, je pleurais amèrement
une fatale erreur, dont il y a peu de
jours vous me prescrivîtes si généreu-
sement l'oubli, mais dont je sens que
le temps n'arrachera pas le souvenir
de mon cœur.

Athénaïs était si belle dans le trouble involontaire qui l'agitait, ses paroles étaient si bien en harmonie avec
la pudique rougeur qui s'était répan-

due sur son visage, avec ses yeux passionnés et mouillés de pleurs, qu'Édouard ne put résister à l'impulsion de son caractère ardent. Comment ne se serait-il pas jeté aux pieds d'Athénaïs? comment n'aurait-il pas couvert de baisers brûlants la main qu'on lui abandonnait?...

— Édouard, dit Athénaïs avec égarement, je n'oublierai jamais le joli village de Crossey!

— Le village de Crossey!... s'écria Édouard en pâlissant et en se relevant avec impétuosité. Le prestige est détruit. Grand Dieu!... Athénaïs, ne m'écoutez pas, je ne méritai pas votre souvenir, je ne mériterai pas vos regrets!... Adieu! adieu! je ne suis déjà que trop coupable.

— Édouard! Édouard! pourquoi me fuyez-vous?

Mais Édouard ne pouvait plus l'entendre; il fuyait en effet comme un coupable au travers des rues d'une ville populeuse, où chacun regardait avec étonnement ce beau jeune homme pâle et défait, gesticulant et parlant avec une action qui lui donnait toutes les apparences d'un insensé. Un mot d'Athénaïs avait produit cet effet ; ce mot, aussi simple que naturel, lui avait rappelé ses devoirs, son véritable amour, et l'avait épouvanté de la force des passions auxquelles il s'abandonnait. — Quel dommage que ce jeune homme soit fou !... — c'est peut-être un étudiant qui vient de se battre à l'épée... — Monsieur ! Monsieur ! arrêtez-vous, on va vous donner quelque chose qui vous calmera !... — Le pauvre jeune homme !

Il ne répondait pas à ces diverses interpellations, que le désordre effrayant dans lequel il était plongé lui faisait adresser dans les rues où il passait en courant, par de bonnes com-

mères qui causaient devant leur boutique des nouvelles du quartier.
Édouard était résolu à fuir le danger;
en proie au délire de la honte et du
remords, il allait verser ses secrets
douloureux dans le sein de l'amitié.
Il entra brusquement dans l'allée qui
conduisait à l'appartement de Charles;
ce fut en vain qu'une petite toux affec-
tée se fit entendre au rez-de-chaussée,
et qu'elle fut bientôt suivie d'une invitation plus pressante et plus expli-
cite ; la jolie couturière ne recueillit
aucune réponse. Édouard frappe à la
porte de son ami, une vieille femme
lui ouvre, un certain dérangement
qu'il remarque dans l'appartement,
les armoires ouvertes, du linge jeté çà
et là, tout semble le menacer d'un
nouvel incident, d'un chagrin inat-
tendu.

— Charles! Charles! mon ami, où
est-il, ma bonne femme?

— Dans le cabinet, sur son secrétaire...

Édouard n'attendit pas toute la réponse : il pénètre dans le cabinet, et le premier objet qui frappe ses regards est une lettre qui lui est adressée. Il reconnaît l'écriture de son ami, il brise le cachet d'une main mal assurée et il lit :

« Cher Édouard,

« Je ne te ferai pas de morale, parceque le temps me presse, et que quand cela te plaît tu es beaucoup plus sage que moi. Mais je ne veux pas que tu puisses jamais accuser la tolérance funeste d'une amitié tendre et inquiète de ton avenir. J'ai réuni toutes les pièces qui assurent tes droits ; muni de ta procuration, je vais la faire valoir avec un zèle et un empressement qu'un ami dévoué peut seul te montrer. Je vole à Paris, et je profite de la chaise de poste d'un employé supérieur du gouvernement. J'emporte avec moi d'importantes recommandations, et la vive espérance que je travaille pour ton bonheur. Ne le détruis pas en mon absence. Mon seul regret est de ne pouvoir t'embrasser une fois avant l'instant où je dois te revoir. Mais je sais où tu es dans ce moment, je connais toutes tes démarches!... Édouard, ta conduite est d'un étourdi comme moi, mais ton noble cœur n'est pas fait pour nourrir longtemps d'indignes passions. Adieu, cher Édouard.

» *P. S.* J'ignore absolument l'état de tes finances; tu peux, dans tous les cas, user largement des petites économies que tu trouveras dans un tiroir de mon secrétaire. Quand tu seras redevenu ce que j'aimerais à te voir, et que tu retourneras à Crossey, remets, je te prie, la clef de l'appartement à la bonne femme chargée des soins de mon petit ménage. Mon cousin vient d'éprouver une des indigestions les plus conditionnées que puissent procurer les repas administratifs. »

Édouard réfléchit un moment ; il se promena à grands pas dans l'appartement, et tout-à-coup il porta sur ses lèvres avec attendrissement le billet de son ami. Charles n'avait rien oublié dans ces lignes tracées à la hâte ; point de reproches amers, point de ces phrases dont la longueur émousse le sentiment qu'elles veulent peindre, mais quelques uns de ces mots qui partent du cœur et qui suffisent à tout. Édouard n'hésite pas, il remet la clef à la vieille femme, et descend l'escalier. Madame Rosalie l'attendait au passage, elle veut l'arrêter en riant ; Édouard la repousse, mais avec les égards qu'on doit toujours même à la femme la moins estimable. Il fait

quelques pas, s'arrête, et paraît encore
réfléchir ; puis , tirant sa bourse , il la
jette dans la chambre de Rosalie, et
s'éloigne rapidement. Son agitation
est la même , son cœur est déchiré,
mais il prend assez d'empire sur lui-
même pour composer son extérieur.
Il arrive à l'auberge modeste où le bon
curé loge habituellement; il demande
un cheval, on s'empresse de le satisfaire, et il part au galop...

A mesure qu'il s'éloignait de Grenoble, Édouard respirait avec plus
de facilité ; un sang plus pur semblait
circuler dans ses veines ; le poids qui
l'accablait devenait plus léger ; il re-
lisait le billet de son généreux ami,
le pressait contre son cœur, et enfon-
çait les éperons dans les flancs de son
cheval. Les premières ombres du soir
semblaient, se détachant du ciel, se ré-
pandre peu à peu sur la terre; il s'arrêta un moment sur une colline d'où

l'on découvre Crossey. Une larme tomba de ses yeux, il venait d'apercevoir le clocher du village et la fumée qui s'élevait du paisible toit du presbytère.

Mais il est temps de rappeler sur la scène des personnages qui en ont été absents, et qui, nous l'espérons, malgré cette circonstance, n'ont pas perdu leurs droits au bon souvenir du lecteur.

CHAPITRE XV.

Retour à la ferme.

Depuis plusieurs jours M. Manuel était mal à son aise de l'absence d'Édouard ; appuyé sur sa canne, il se transportait avec difficulté du presbytère à la ferme, et cherchait à tromper sa douleur en s'efforçant de consoler celle de ses amis. Cécile avait pu s'assurer que Ragot l'avait trompée au sujet des visites fréquentes que, suivant lui, Édouard avait faites au château ; il n'avait rien moins fallu cependant que la déclaration de M. Manuel pour la rassurer sur ce point. Néanmoins une inquiétude secrète déchirait encore son cœur, et elle semblait se complaire à écouter les pressentiments

fâcheux qui l'assiégaient, car notre
imagination, qui donne une si libre
carrière à l'espérance, pour peu qu'elle
puisse en distinguer les plus faibles
lueurs, ne garde pas plus de mesure
dans le découragement qui peut s'emparer d'elle. On se souvient qu'elle
n'entendit pas parler de la première
rencontre d'Édouard et d'Athénaïs
sans éprouver une vive émotion, et
depuis lors un vague sentiment de
jalousie n'avait pas cessé de la tour-
menter. Elle était triste et rêveuse, et,
dans l'abandon où elle croyait qu'É-
douard l'avait laissée, ses occupa-
tions favorites, si douces, si agréables
quand il les partageait, lui étaient deve-
nues insupportables; rarement elle passait la journée entière dans son pavillon; contre son usage, elle allait aux
champs au-devant de son père, mais
plus souvent encore elle visitait la
chaumière de Geneviève Besson, où

du moins elle entendait parler de lui... C'était là cependant qu'une épreuve plus cruelle, que l'absence était réservée à son cœur.

Aussitôt que le bon curé eut reçu la lettre d'Édouard dans laquelle il lui annonçait que son séjour à Grenoble pourrait se prolonger durant une semaine, il était accouru à la ferme, et le billet lu plusieurs fois et commenté dans tous les sens, s'il était rassurant pour la santé d'Édouard, ne laissait rien transpirer sur ses projets ultérieurs ni même sur les motifs qui avaient pu le porter à demeurer si long-temps éloigné de ses amis. Édouard s'était borné à prier son respectable bienfaiteur de n'être point inquiet sur son compte. Il ajoutait qu'il était fondé à espérer que son sort ne tarderait pas à changer; bonheur qu'il souhaitait ardemment, moins pour lui que pour ceux à qui il devait tant, et dont il pourrait enfin reconnaître dignement les bontés. Il chargeait M. Manuel de faire ses compliments à Jacques Bernard et à *tous* les membres de sa famille. Cécile était certainement comprise dans cette expression collective, mais c'était une faible consolation pour elle, et l'amour ardent et vrai qui l'animait ne pouvait concevoir cette froideur qui n'était pas dans le caractère d'Édouard. Aussi, loin de bannir la tristesse qui décolorait son front, cette lettre y mit-elle le comble; elle y cherchait vainement un de ces mots du cœur dont la douceur et la force sont si bien comprises par ceux qui aiment; et dans le laconisme affligeant de cet écrit elle croyait surtout trouver la preuve qu'elle n'était plus présente à la pensée d'Édouard; mais ce fut surtout la phrase dans laquelle le jeune homme manifestait une espé-

rance dont il ne faisait point connaître le sujet, et à laquelle cependant il
semblait fixer un terme rapproché,
qui excita au plus haut degré l'inquiète sollicitude des habitants de la
ferme.

— Hélas ! pensa Cécile , il est né
pour le grand monde ; il aura vu à ce
bal quelque belle et noble demoiselle
qui m'aura bientôt remplacée dans son
cœur !

— Je ne me suis point opposé à ce
qu'il se rendît à cette invitation, dit
tout haut M. Manuel , et ce ne fut jamais mon habitude de le contrarier en
rien ; je crains que mon cher Édouard
ne se laissse éblouir par le grand
monde ; il en a peu l'expérience ; mais
que Dieu le protége !

— Tu ne dis rien pour le défendre,
Cécile , s'écria Bernard : le pauvre
jeune homme ! ne peut-il donc espérer d'être plus heureux sans que cela

nous cause des craintes, à nous qui sommes ses amis! Tout de même, Monsieur le curé, je voudrais bien savoir ce qu'il entend par ces mots : « Mon sort ne tardera pas à changer. »

— Mon Dieu! dit alors Cécile d'une voix tremblante, M. Édouard s'est peut-être décidé à contracter quelque union brillante; c'est sans doute à ce bonheur qu'il a voulu faire allusion.

Une larme coula le long de sa joue; son père ne répondit rien, mais il soupira profondément en se promenant dans le pavillon, les mains croisées derrière le dos, et M. Manuel leva les yeux vers le ciel en serrant les lèvres et en secouant la tête d'un air solennel. Cette idée déchirante pour Cécile, et qui lui fut rappelée par plusieurs autres conversations, remplissait tout son cœur; et peut-être était-ce pour s'habituer à une séparation dont la cruelle certitude lui était déjà démontrée, qu'elle se rendit un des jours suivants auprès de Geneviève Besson.

— Hé, bien! dit la vieille femme, ma jolie Cécile, a-t-on des nouvelles de notre jeune monsieur? car vous avez souvent le bonheur de voir l'excellent M. Manuel.

— Oui, maman Geneviève, répondit Cécile; on a des nouvelles de M. Édouard, et je crois qu'il se porte bien.

— Que le bon Dieu le protége! ma chère enfant. Mais asseyez-vous là, Cécile; je suis bien aise de vous voir. J'ai fait la nuit passée un songe bien singulier, que je veux vous raconter; mais, hélas! tout songe est mensonge, et probablement Dieu ne permettra pas que le rêve qu'il m'a envoyé se réalise sur la terre. Figurez-vous, ma jolie Cécile, continua la vieille en soupirant

et en prenant la main tremblante de
la jeune fille, figurez-vous qu'il m'a
semblé que j'étais rentrée au château.
C'était le soir, toutes les croisées
étaient illuminées ; j'entendais le son
des instruments et le bruit de plusieurs voix qui chantaient de joyeuses
chansons. Comme du temps de l'ancien seigneur, quand c'était jour de
fête, toutes les portes étaient ouvertes,
et les bonnes gens du pays allaient et
venaient dans la grande cour. Les garçons portaient des bouquets à leur
boutonnière, et les jeunes filles avaient
des rubans verts et rouges, ancienne
livrée des comtes de Crossey : que
Dieu leur fasse paix dans le monde
où nous irons tous ! Je me trouvais en
face d'une grande glace, dans le salon
qui donne sur la terrasse, du côté de
la vallée, où le ciel paraît bleu, où
l'air est si doux à respirer. Je m'aper-
çus que j'avais de beaux habits ; il me

semblait que j'étais rajeunie d'un
grand nombre d'années, et le tinte-
ment du trousseau de clefs que je por-
tais à ma ceinture frappe encore mon
oreille. Oh! que j'étais heureuse! Cécile. Soudain M. Édouard s'approche
de moi; le sourire si agréable que vous
lui connaissez embellissait sa noble figure, la pâleur habituelle de son front
avait fait place à l'incarnat que donne
le bonheur à la jeunesse; oui, ma fille,
il était rentré dans l'héritage de ses
pères!...

Les sanglots étouffèrent la voix de
Geneviève; et Cécile, aussi agitée
qu'elle, chercha vainement à la calmer.

—Maman Geneviève, lui dit-elle
avec émotion, puisse ce doux songe
se réaliser!... Mais pourquoi pleurez-
vous? vous savez bien que je ne suis
pas assez courageuse pour pouvoir

vous secourir : voyez comme je tremble...

— Oui, je suis faible comme un enfant, Cécile, et je n'ai pas la raison que les années donnent ordinairement. Que voulez-vous, ma fille? si jamais, ce que je ne puis vous souhaiter, car la moitié de ma vie a été bien triste ; si jamais vous arrivez à mon âge, et que vous ayez des souvenirs comme les miens, ils ne reviendront pas à votre esprit sans vous arracher des larmes... Ce n'est pas tout, Cécile : M. Édouard m'a parlé ; oui, j'ai entendu cette voix qui me rappelle celle de son père et qui fait battre mon cœur ; et j'ai vu auprès de lui une dame vêtue de blanc, et dont un grand voile me cachait les traits; c'était sa fiancée, son épouse... J'ai voulu me jeter aux pieds de mes jeunes maîtres, mais j'ai senti que le bras de M. Édouard me soutenait, et qu'il me donnait un baiser sur mon front ridé. J'ai poussé un cri de joie, mais je me suis éveillée, et il m'a semblé que le souffle de sa bouche soulevait encore mes cheveux blancs... Dieu du ciel ! Cécile, qu'avez-vous ? Êtes-vous indisposée ? vous êtes pâle comme une mourante, mon enfant...

— Depuis quelques jours...; ce ne sera rien ; oui, maman Geneviève, je suis un peu souffrante... Merci, Geneviève, merci, ajouta-t-elle en prenant de la vieille femme le verre d'eau qu'elle s'était empressée de lui offrir.

—Cela va mieux, n'est-ce pas, mon enfant ? Voilà vos belles couleurs qui reviennent. Dieu soit loué !... Il faudra voir le médecin, Cécile ; M. Robert est un homme instruit, bien qu'il soit un peu jeune.

—Oh ! je crois que je n'aurai pas besoin de lui, maman Geneviève, répondit Cécile en souriant tristement.

—Tant mieux! mon enfant, car j'ai toujours entendu dire que l'écu que l'on donne au médecin ne sort jamais seul de notre poché. Maintenant que vous voilà bien remise, Cécile, je puis vous dire que j'ai de bonnes nouvelles à vous apprendre, et qui achèveront de vous guérir, je l'espère, mieux encore que les ordonnances de M. Robert ne pourraient le faire

— Et que pouvez-vous avoir à m'apprendre, maman Geneviève? dit Cécile avec étonnement.

—Ah! ne soyez pas si pressée, mon enfant, la curiosité a perdu notre grand'mère Ève; mais je ne veux pas vous laisser plus long-temps tenter par le péché. Il n'y a dans ce pays, mon enfant, qu'un seul fermier aussi riche que votre père, et presque aussi bon

que lui. Je sais bien qu'ils ne se voient
pas aussi souvent que cela devrait être
entre deux voisins ; et pourquoi cela ?
parceque leurs terres se touchent, et
que plusieurs fois ils ont eu des dif-
férends ensemble pour leurs limites ;
mais, Cécile, il y a un terme à tout.
Vous comprenez que je veux vous
parler de Bertrand, qu'autrefois on
appelait le beau Bertrand, car il n'y
avait encore que votre père qui pût
lui être comparé sous ce rapport ; et,
quand ils étaient jeunes, ils ont fait
ensemble plus d'un tour, dont je n'ai
pas besoin de vous parler, Cécile.

— Je sais tout cela, maman Geneviève, dit Cécile qui écoutait la vieille
avec une sorte d'anxiété ; M. Bertrand
est un très honnête homme, et je vous
assure que mon père ne lui a jamais
plus souhaité de mal qu'à son meilleur ami.

— C'est la vérité ; mais écoutez,

Cécile, ce que je veux vous dire maintenant est très sérieux ; je vous aime, mon enfant, comme j'ai toujours aimé votre père, et votre mère de son vivant, et l'on savait bien que votre bonheur m'était cher, quand on s'est adressé à moi pour vous l'offrir, Cécile. Avant de quitter cette terre, où il a plu à Dieu de me laisser si long-temps veuve et désolée, il me serait doux de penser que vous et une autre personne que vous savez bien n'avez plus rien à désirer ici-bas.

—Je vous remercie, bonne maman Geneviève, je vous remercie bien sincèrement de vos bonnes intentions pour moi ; mais je cherche en vain ce que vous pouvez avoir à me dire qui intéresse mon bonheur.

— Vous allez le savoir, Cécile : le beau Bertrand n'a qu'un fils, un fils unique, et l'on peut dire que dans toute la commune il y a peu de gar-

çons aussi bien faits de leur personne,
et surtout aussi honnêtes et aussi rangés que Pierre Bertrand. Vous le connaissez, Cécile, et plus d'une fois,
sans doute, vous avez dansé avec lui
sous les grands tilleuls de votre ferme
sans songer que vos mains rassem-
blées par le hasard, devaient être
unies pour toujours. Oui, mon enfant, Pierre Bertrand vous aime, et,
comme un honnête et digne garçon
qu'il est, il ne souhaite que votre approbation pour vous demander en
mariage à votre père... Hé bien, mon
enfant, vous ne répondez pas....

— Et que peut répondre une jeune
fille dans ma position? s'écria Cécile que cette confidence inattendue
venait de jeter dans un trouble inex-
primable. Eh! maman Geneviève, je
suis bien malheureuse!

—Malheureuse! dites-vous, Cécile,
je ne puis vous comprendre; vous

êtes jeune et jolie, mon enfant, et
certainement quand vous voudrez
vous établir, vous trouverez facilement
un garçon qui vous aimera; cependant
Pierre Bertrand n'est point un parti
à dédaigner: vous êtes d'un âge convenable tous deux; il est bon, joyeux
et plein de probité; vous êtes aussi tous
deux nés dans la même classe; il sera
peut-être un peu plus riche que vous,
mais où est le mal que toute la fortune d'une maison ne vienne pas de
la femme ? En vérité, Cécile, je m'y
perds.

— Oh ! ne m'en veuillez pas, maman Geneviève, ne m'en veuillez pas,
au nom de Dieu!... vous ne savez
pas !... Sans doute, je remercie
beaucoup Pierre Bertrand, il me
fait bien de l'honneur... La vieille
femme n'entendit pas la fin de cette
phrase, que Cécile acheva en balbu-
tiant.

3.

— Qu'est-ce que cela signifie, Cécile? ta, ta, ta... je le remercie, il me fait bien de l'honneur. Est-ce à dire que vous le refusez? j'en serais fâchée pour lui et plus encore pour vous, car le pauvre garçon vous aurait rendue bien heureuse; tout cela n'est pas clair, Cécile, il y a quelque chose de caché sous votre refus. Pierre avait raison de craindre ce qui arrive, et j'étais une folle de le rassurer. Ne croyez pas cependant, Cécile, que Pierre eût osé me confier son amour pour vous, en me priant de vous faire connaître ses honnêtes intentions, si quelqu'un de votre famille n'avait approuvé sa démarche. Il est venu ici avec votre frère Michel, son ami, et je suis surprise de ne les avoir pas encore vus aujourd'hui, car je devais aller au Château-Bernard hier soir, Cécile, et c'est une indisposition qui m'a empêchée de m'acquitter plus tôt de ma commission, dont ils devaient venir savoir le résultat.

— Je vous demande pardon, maman Geneviève, du chagrin que je parais vous causer, mais vous savez bien que nous ne sommes pas les maîtres de disposer de notre cœur; je suis toute disposée à estimer Pierre Bertrand, mais je sens que je ne pourrais l'aimer... comme il nous est ordonné d'aimer un époux, ajouta-t-elle en rougissant.

— Cécile! dit la vieille femme d'un ton sévère et en élevant l'index de la main droite à la hauteur de ses yeux, je suis bien affligée de vous entendre parler ainsi, et je crains que vous n'ayez disposé de votre cœur, comme vous le dites, sans consulter ni la raison ni la prudence. Insensée jeune fille! croyez-vous me tromper?...

— Que dites-vous? s'écria Cécile avec terreur; ô maman Geneviève, avec quelle sévérité vous me regardez !

— Cécile, continua la vieille femme, il y avait, de mon temps, non loin de ce pays, une jeune fille aussi douce, aussi jolie que vous. Un gentilhomme des environs passait souvent devant la maison de son père, et souvent aussi il arrêtait son cheval pour adresser à la jeune fille quelques mots de politesse. C'était un jeune seigneur qui avait des mœurs pures et honnêtes, et en agissant ainsi il ne croyait pas faire le malheur de la jolie villageoise à laquelle il prenait un vif intérêt. Mais que ne peuvent l'orgueil et l'oubli de nos devoirs envers le monde ! Un garçon du village aimait Claudine depuis long-temps, car c'était le nom de la personne dont je vous rappelle la triste aventure. Avant les visites du beau gentilhomme, il était reçu avec plaisir par Claudine, et dans tout le pays on les regardait comme un couple dont l'union était convenue. Mais depuis ce temps Claudine reçut froidement son amant, et elle refusa avec fierté l'ami de son enfance quand il demanda sa main, parcequ'elle s'était imaginée que le gentilhomme l'aimait et qu'il l'épouserait peut-être un jour. Cela fit du bruit dans le pays, tout le monde blâmait Claudine, et il y eut une jeune fille non moins jolie qu'elle qui vengea son amoureux de ses mépris et qui l'épousa. Cependant le seigneur ayant entendu parler de ce qui s'était passé au sujet de ses visites, crut devoir les cesser tout-à-coup, et se maria bientôt de son côté à une dame de son rang. Claudine avait mérité son sort, mais elle était si malheureuse et si souffrante, qu'il était impossible de n'en pas avoir pitié. Malgré cela, quand elle allait le dimanche à la messe, les

jeunes gens souriaient malignement
en la voyant passer, et aucun d'eux
ne l'invitait à la danse ; ses compa-
gnes même l'abandonnèrent, et l'or-
gueilleuse gémit, mais trop tard, sur
sa faute irréparable. Les années se
succédèrent, Claudine avait perdu sa
fraîcheur, et le chagrin qui la dévorait
la rendit pâle et maigre comme un fan-
tôme. Enfin Dieu mit fin à ses peines en
la retirant de ce monde, et peut-être de
tant de jeunes filles vêtues de blanc
qui la portèrent au cimetière n'y a-t-il
plus que moi sur la terre pour se rappeler son nom et la cruelle punition
de son orgueil.

Il y avait dans cette histoire, que
des soupçons vagues avaient rappelée
à la mémoire de Geneviève pour décider Cécile à accepter l'époux qui se
présentait, un rapport bien étrange
avec la situation de la jeune personne,
à part quelques circonstances insigni-

fiantes. Ses yeux se remplirent de larmes, et elle ne put faire aucune réponse. Dans ce moment la porte de la chaumière s'ouvrit, et deux jeunes gens qui entrèrent ensemble parurent surpris de la présence de Cécile : c'étaient Michel et Pierre Bertrand. Le premier s'assit aussitôt auprès de sa sœur, il lui prit la main avec intérêt et regarda silencieusement Geneviève, comme pour lui demander le motif de la douleur dans laquelle Cécile paraissait plongée ; mais la vieille femme secoua gravement la tête et continua à examiner la jeune fille avec une curiosité inquiète et sévère.

Pierre Bertrand était un grand et beau garçon dont l'excessive timidité s'alliait assez mal avec sa physionomie riante et pleine de franchise, et surtout avec sa haute stature et son air de force et de santé. Il s'arrêta tout-à-coup au milieu de la chaumière, et, baissant les yeux vers la terre, il relevait en tremblant les bords de son chapeau, comme un jeune soldat en présence d'un ennemi redouté, et que cependant il brûle de combattre. Pierre n'osait regarder Cécile, mais au sourire qui froissait ses lèvres, au feu qui brillait dans ses yeux, on pouvait voir que c'étaient le respect et l'anxiété de l'incertitude qui causaient sa timidité et son embarras.

—Hé bien, Cécile, dit Michel après un long silence, on t'a dit ce que Pierre Bertrand désirait; si tu veux, petite sœur, ce sera un enfant de plus pour notre père, et un bon enfant, j'en réponds.

— Paix donc, Michel, ajouta Bertrand à voix basse, mais sans oser lever les yeux, ne lui parle donc pas comme ça sans façon, quoiqu'il faille bien vous le dire un jour ou l'autre, mademoiselle Cécile.

—Tu aurais pu, mon ami, répondit Cécile avec effort, attendre un autre moment pour me faire connaître les propositions honorables de M. Bertrand, je lui sais gré d'avoir pensé à moi... En vérité, Michel, ajouta-t-elle en sanglotant, tu n'aimes guère ta sœur, pour n'avoir pas plus pitié d'elle.

— Allons, petite sœur, reprit Michel en essuyant les pleurs qui coulaient sur le visage de Cécile, ne me gronde pas, je t'en prie, ne pleure pas surtout : n'est-ce pas ton bonheur que je désire?

—Oh! mademoiselle, s'écria Bertrand, qui retrouva tout-à-coup une sorte d'assurance, si cela vous chagrine, qu'il n'en soit plus question. J'aimerais mieux rester garçon toute ma vie, et cela pourrait bien arriver si je ne parviens pas à vous plaire, que de vous affliger un seul instant ; car je vous aime bien, mademoiselle Cécile, je vous aime de tout mon cœur. Ne lui en parle plus, Michel, je t'en prie, ne lui en parle plus. Ne pleurez pas, mademoiselle Cécile, Michel ne vous dira plus rien de tout cela, et ni moi non plus.

—Je parlerai donc pour vous tous, dit Geneviève, car cela ressemble à un enfantillage. Écoutez, mes beaux garçons, j'ai dit à Cécile tout ce que vous m'aviez chargé de lui dire ; il ne faut jamais renvoyer au lendemain ce qu'on peut faire sur-le-champ ; ainsi, que tout s'explique à l'instant même : elle m'a dit qu'elle n'aimait pas Bertrand et qu'elle le refusait.

— Cela est-il possible ? s'écrièrent à la fois les deux jeunes gens frappés de stupeur. Cela est-il vrai, ma sœur ? ajouta Michel.

— Oui, Michel, dit Cécile avec une

énergie qui prenait sa source dans l'exaltation de son amour ; oui, il est vrai que je suis forcée de prier M. Bertrand de m'excuser s'il ne me trouve pas plus empressée à accueillir une demande qui m'honore. Hélas ! Monsieur Bertrand, quoique je me trouve ici dans une situation bien délicate pour une jeune fille, je croirais être indigne de votre attention si je pouvais dès ce moment vous laisser la moindre espérance. Non, non, je ne le crois pas ; car mon cœur ne peut changer maintenant : Cécile Bernard ne sera jamais à vous.

—Pourquoi avez-vous prononcé ces dernières paroles ? répondit Bertrand avec l'accent de la sensibilité ; n'était-ce pas assez de me dire que je n'avais point d'espérance ? c'est un mot qui suffisait bien pour me désoler. Mais que vous ai-je fait, mademoiselle Cécile ? pourquoi refuser un ancien ami

qui vous a toujours porté dans son
cœur ? Cependant, l'an passé, aux fêtes
de Noël, peut-être ne vous en souve-
nez-vous plus, mais moi je me le rappelle aussi bien que du jour qui a fini
hier, vous étiez triste comme aujour-
d'hui, quoique vous ne pleuriez pas
alors ; nous étions tous à la veillée chez
votre père, et moi j'étais assis auprès
de vous. J'osai prendre votre main, et je
la pressai doucement dans la mienne ;
votre voix, qui est si douce à entendre, ne me reprocha pas ma hardiesse ;
vous m'appeliez Pierre tout court, et
non pas Monsieur Bertrand. Quand,
pour former des jeux, vous me choisîtes
pour votre cavalier, vous restiez un
moment pensive, et puis un soupir
soulevait le mouchoir qui couvrait
votre sein. Il faut bien que je le dise
maintenant, quoique cela soit à ma
honte, je crus un moment que j'étais
le plus heureux des hommes ; le roi

m'aurait donné tout un pays plus
grand que Crossey, avec plus de bœufs
et de vaches qu'il n'y en a dans la vallée, que j'aurais tout refusé pour que
vous me disiez : Pierre, venez donc
plus souvent à la maison; quoique nos
pères soient en procès, est-ce une raison pour que leurs enfants se haïssent?
Certainement vous ne voudrez pas
me désespérer aujourd'hui que, ne
pouvant plus demeurer dans l'incertitude, je vous ai tout avoué.

— Pardonnez-moi, Monsieur Bertrand, s'écria Cécile, je vous plains
sincèrement, car je crois à la vérité des
sentiments que vous m'exprimez. Oh!
que ne puis-je répondre à votre tendresse comme vous le méritez!

— Tu peux bien le dire, sœur, dit
Michel, Pierre Bertrand t'aime, et
depuis long-temps j'étais le confident
de ses pensées; c'est moi qui le con-
solais et qui m'efforçais de le rassurer

quand il craignait ce qui lui arrive. Nous avons toujours été tendrement unis, Cécile ; tu sais que je voudrais donner ma vie pour t'éviter même un léger chagrin ; ainsi donc tu dois me croire quand je te demande comme une grâce qui fera ton bonheur, d'écouter mon ami. Je n'ai pas voulu en parler à notre père sans ta permission, et j'espérais que tu n'avais jamais eu de secrets pour moi. Personne aussi n'a paru te rechercher comme Pierre, et je ne puis croire que tu en aimes un autre.

—Et si tu te trompais, Michel ? reprit Cécile dans la plus vive agitation, si j'avais eu un secret pour toi?... C'est la vérité, mon frère, j'aime, j'aime quelqu'un plus que tout ce qui nous fait attacher du prix à la vie, plus qu'il n'est possible d'éprouver ce sentiment.

—Plus que ton frère aussi, ajouta

Michel en fronçant le sourcil. Pauvre Bertrand! que n'ai-je une sœur plus confiante et plus digne de toi peut-être; car, Cécile, si ton amour, cet amour dont tu me parles aujourd'hui pour la première fois, était honorable, tu ne me l'aurais point caché.

— Paix, Michel, au nom de Dieu! dit Bertrand dont l'expression d'une vive douleur avait changé tous les traits, l'amitié t'emporte trop loin; tu oublies que Cécile est ta sœur, que je l'aime, que je l'aimerai malgré elle.

—Je vous remercie, Monsieur Bertrand, répondit Cécile en proie à des angoisses inexprimables qu'augmentait encore la colère de son frère bien-aimé; je vous remercie, car je n'aurais pas eu le courage de rappeler à Michel combien les expressions dont il vient de se servir sont cruelles dans sa bouche. Qu'il s'rassure néanmoins, c'est dans le sein de notre père que j'ai déposé un secret que je devais lui cacher. Et cependant, Michel, je ne connais pas l'art de déguiser ni mes pensées ni mes sentiments ; ce secret n'en pouvait être un pour toi quand chaque jour tu aurais pu le découvrir. N'as-tu pas vu quelqu'un auprès de moi, quelqu'un dont la voix me faisait tressaillir, dont la présence seule me rendait heureuse, dont l'absence me désolait ?... Ah ! Michel, c'est lui que j'aime, c'est pour lui que je refuse un ami qui m'intéresse vivement, puisqu'il t'est cher, mais à qui je ne puis donner un cœur qui ne m'appartient plus.

—Pardonne-moi, ma sœur, répliqua Michel avec sensibilité ; oui, pardonne-moi si je t'ai offensée. Vois-tu, Cécile, mon cœur est brisé de ce que je viens d'entendre, et maintenant je ne devine que trop tout le reste... C'est M. Édouard que tu aimes.

Bertrand porta la main sur ses yeux, et Geneviève parut, sur son fauteuil, comme frappée de la foudre ; elle croyait que Cécile allait démentir son frère, car dans son profond respect pour le sang qui coulait dans les veines d'Édouard, elle ne supposait pas qu'une jeune fille de la classe de Cécile pût jamais s'égarer au point d'aimer quelqu'un qu'elle plaçait si haut. Mais Cécile ne répondit pas ; elle baissa les yeux en rougissant et en serrant avec expression la main de son frère Michel. Ce silence confirma Geneviève dans des doutes qu'elle avait conçus relativement à l'intimité inconvenante, suivant elle, qui avait existé entre Édouard et Cécile. Elle avait manifesté ses scrupules à cet égard à Jacques Bernard, qui n'avait guère osé être d'un autre avis qu'elle ; enfin elle avait fait respectueusement des remontrances à M. Édouard lui-

3.   8.

même. Le jeune homme s'était con-
tenté de sourire en secouant la tête
d'un air qui voulait dire : Je vous remercie, Geneviève, de l'intérêt que
vous prenez à moi, mais je sais mieux
que vous comment il me convient
d'agir. Geneviève ne pouvait ainsi
être bien rassurée sur le compte d'É-
douard, et Cécile venait, pour ainsi
dire, de convenir publiquement que
l'évènement dont la crainte seule ex-
citait son indignation était arrivé. Ses
traits, naturellement durs et sévères,
se couvrirent d'une teinte plus prononcée de colère et de tristesse.

— Cécile, dit-elle avec solennité,
que Dieu ait pitié de vous, car vous
avez levé les yeux sur celui que vous
deviez respecter. Ce n'est point vous
cependant qu'il faut accuser des suites
funestes que peut amener votre imprudence; mais ceux qui, ayant sur
vous un pouvoir légitime, n'en ont

point usé pour chasser de votre esprit des idées de jeune fille qui feront votre malheur. C'en est donc fait! la gloire de la maison de Crossey s'est éclipsée sans retour, puisque son dernier rejeton méprise le seul moyen qui lui restât de la relever par un mariage convenable. Mais ce n'est point moi, sa très humble servante, qui élèverai la voix pour l'en blâmer. Laissez-moi, mes enfants, laissez-moi dans ma solitude et ma douleur, je sens que j'ai trop vécu.

— Maman Geneviève, répondit Cécile d'une voix tremblante, je dois respecter vos idées, mais je suis affligée de vous entendre parler ainsi. Bien certainement quand vous aurez réfléchi aux cruelles paroles que vous venez de prononcer, vous regretterez de m'avoir humiliée... Plaignez-moi, Geneviève, car je ne mérite aucun reproche.

Les deux jeunes gens comprenaient mal les sentiments qu'avait exprimés Geneviève avec l'amertume de la vieillesse ; interdits et silencieux après quelques moments d'attente, ils sortirent avec Cécile de la chaumière de la vieille femme. Le pauvre Bertrand s'éloignait son chapeau enfoncé sur les yeux, et il s'éloignait après avoir salué tristement Cécile, quand la jeune fille pria Michel de la laisser seule et d'accompagner son ami.

Plongée dans une rêverie douloureuse et profondément émue par la scène que nous venons de décrire, Cécile quitta le chemin public, et entra dans une prairie bordée de saules qui appartenait à son père et qui était voisine de son habitation. Des larmes roulaient dans ses yeux, son cœur battait avec force ; elle repassait dans son esprit toute sa conduite passée, tous ces jours où, renfermant son amour dans le secret de son âme, elle aurait frémi de mériter la désapprobation de l'austère Geneviève.

— C'est lui, disait-elle en pleurant, c'est lui qui m'a le premier fait connaître son cœur en m'avouant qu'il m'aimait!... Aimée d'Édouard! juste ciel! pouvais-je résister à cet aveu qui comblait mon bonheur! Et cependant Édouard m'abandonne; oh! bien certainement il s'est repenti d'avoir cédé sitôt à un penchant qui n'était peut-être pour lui qu'un de ces sentiments légers que toute jeune fille peut inspirer. Pardon, Édouard! non, vous ne m'avez pas trompée! la pauvre Cécile vous est encore chère, et l'orgueil de la naissance est étranger à votre noble cœur.

Dans ce moment les aboiements de Bellone, qui accourut au-devant

d'elle en bondissant de joie, calmèrent
son agitation et ces pressentiments
contradictoires qui tourmentaient son
esprit, pour faire place à une il-
lusion plus douce, mais qui fut de
courte durée. Elle crut qu'Édouard
allait paraître devant elle, et elle eut
besoin de s'appuyer contre le tronc
mousseux d'un saule, tandis qu'elle
tendait la main aux caresses de Bellone. Deux vigoureux coups de sifflet
se firent entendre, et Guillot, sortant
tout-à-coup de derrière les saules en
appelant Bellone d'une voix de Sten-
tor, s'approcha seul de Cécile aussitôt qu'il l'aperçut.

— Voyez-vous la drôlesse ! s'écria-
t-il ; c'est bien la meilleure bête que je
connaisse. Bonjour, Mademoiselle...
Cécile... A bas, Bellone ! Si vous la flat-
tez toujours comme cela, Cécile, vous
nous la gâterez, c'est une chose sûre.

— Vous êtes donc seul, Monsieur

Guillot? dit Cécile d'une voix faible
et émue.

—Seul, ma chère Demoiselle, et content comme un officier sans troupes,
mille nom d'un diable. Oh pardon!...
mais qu'avez-vous? Auriez-vous peur
de moi, par hasard? ce n'est guère
possible. Vous tremblez comme les
feuilles de ce saule. Est-ce que quelqu'un aurait osé?... ajouta le vétéran
avec plus de force, mille diables! je
plaindrais le gaillard qui exécuterait
ce mouvement, fût-ce par les ordres
de dix généraux ensemble.

—Ce ne sera rien, Monsieur Guillot,
répondit Cécile en souriant; et si vous
voulez m'accompagner jusqu'à la maison, vous verrez que vous êtes bien
loin de m'inspirer aucune crainte.

—Je le disais bien aussi, ce n'est
pas moi qui peux faire de la peine à
Mademoiselle Cécile, que je respecte

comme la femme d'un colonel... Et
qui sait si cela n'arrivera pas?... Voilà
le seul bras qui me reste, ma chère
Demoiselle; appuyez-vous là-dessus,
ajouta le vétéran après avoir porté la
main à son bonnet et relevant fièrement sa taille. Allons, Bellone, en
avant, en tirailleur!... Cherche! cherche! Bellone.

—Bellone vous connaît aussi, Monsieur Guillot, elle vous obéit comme
si vous étiez... son maître.

—Ah, parbleu! je le crois bien; Bellone répond à mon sifflet ni plus
ni moins qu'à celui de M. Édouard...
A propos de cela, ma chère Demoiselle, savez-vous une chose? c'est que
je m'ennuie fièrement depuis quelques jours.

—Et dans ce moment encore peut-
être, Monsieur Guillot?... dit Cécile
en s'efforçant de sourire.

— Ne plaisantons pas là-dessus,

Mademoiselle Cécile, vous savez bien
que non, morbleu! Je voulais seulement vous dire que si M. Édouard
prenait seulement deux ou trois con-
gés comme cela par an, ma foi! je ne
sais pas trop ce que je deviendrais.
C'est que je l'aime, voyez-vous; il a
un cœur que je connais, moi, un cœur
de général en chef. Je sais bien qu'on
ne peut plus chasser dans la plaine,
mais qui nous empêcherait d'aller tuer
des chamois sur les montagnes? cela
occupe, cela fait du bien...

— Et l'on court souvent beaucoup
de dangers à cette chasse, Monsieur
Guillot; je vous en prie, n'engagez
pas M. Édouard à y aller.

— J'entends, j'entends, ma chère
Demoiselle; mais, bah! vous avez tort,
parceque mon colonel..., je voulais
dire M. Édouard, ne craint pas plus le
danger que votre serviteur ; on dirait
qu'il a dix campagnes dans la tête...

Ah! nous voici dans un endroit où j'ai fait faction plus d'une fois avec lui, Mademoiselle Cécile ; regardez bien, et suivez le mouvement.

— Ici, avec lui?... Monsieur Guillot...

— Un peu, Mademoiselle. Découvrez-vous votre petit jardin, les volets de votre pavillon?... Depuis une quinzaine environ, si nous n'allions pas à la ferme, et je ne sais pas trop pourquoi, par exemple, nous venions ici régulièrement tous les soirs. Il est même tombé une fois une bonne averse, mais c'est égal, M. Édouard ne bougeait pas, et c'est tout naturel, vous étiez à votre fenêtre à contempler l'orage, je crois ; si bien que nous fûmes mouillés comme des mousses par un gros temps. Pour moi, du diable si j'aurais voulu avoir l'air de craindre la pluie! car pour un soldat, Mademoiselle Cécile, il n'y a ni beau ni mau-

vais temps ; il faut toujours être là au
port d'armes.

— En vérité, Monsieur Guillot,
s'écria Cécile tremblante de joie et de
bonheur, M. Édouard est souvent venu
ici depuis quelque temps?... Pardon,
Monsieur Guillot, arrêtons-nous un
moment, je vous prie, j'ai beaucoup
marché aujourd'hui... C'est ici qu'il
venait! ajouta-t-elle en jetant les
yeux autour d'elle avec une sorte d'enthousiasme.

— Hum! reprit le vétéran, faut-il
dire tout ce que je pense, Mademoiselle Cécile? il y a de l'amour dans
tout ça, ou bien je ne m'y connais
pas. C'est ça, c'est ça, rougissez tant
qu'il vous plaira, je crois que j'ai de-
viné juste; et où serait le mal, après
tout? Tenez, Mademoiselle Cécile,
quand M. Édouard est à la place où
vous êtes maintenant, il croise ses
bras, et je n'ai pas besoin de vous dire

de quel côté il tourne les yeux. Je lui
parle blanc, et il me répond noir, ou
bien il ne me répond pas, comme
vous voudrez ; et puis il semble réfléchir profondément, et plus d'une fois
je lui entends distinctement prononcer
votre nom. C'est clair cela, et vous
voyez bien, ma chère Demoiselle, que
M. Édouard vous aime.

—Hélas ! dit Cécile, Monsieur Guillot, son absence en est-elle une
preuve ?... O Édouard ! que ne puis-
je connaître les motifs de votre conduite envers moi ! je serais moins
malheureuse.

— Vous pleurez, mille noms d'un
diable ! vous pleurez, ma chère Demoiselle, et c'est M. Édouard qui en
est la cause ! Consolez-vous, je vous
en prie. Ai-je été bête d'aller vous parler de tout cela ! Mais soyez tranquille,
nous aurons une bonne explication
avec M. Édouard ; on ne manque pas

ainsi à l'appel sans de bonnes raisons.
Je lui dirai tout net : Monsieur
Édouard, vous êtes un joli garçon,
mais Mademoiselle Cécile est la plus
aimable et la plus gentille personne
de Crossey ; ce n'est pas bien, ma parole d'honneur, de vous absenter ainsi
sans qu'on sache ce que vous faites ;
j'ajouterai que moi, que vous ap-
pelez votre vieux camarade, je ne
suis pas plus content qu'il ne le faut.

— Non, Monsieur Guillot, non, ne
parlez point ainsi, et surtout ne lui
dites pas combien je souffre loin de
lui... Retournons à la ferme. J'espère, Monsieur Guillot, que vous res-
terez avec nous ce soir.

— Impossible, Mademoiselle, quoique je vous remercie beaucoup : votre
diable de père, et c'est un bon diable
assurément, ne me laisse jamais sortir sans que la terre tourne autour de
moi quand je regagne ma petite ca-

serne. Ah! c'est que je vieillis; moi qui n'ai jamais eu peur de rien, je ne suis pas tranquille maintenant en présence de deux ou trois bouteilles de vin vieux. Au surplus, je vais au presbytère, M. Manuel est encore plus ancien que moi, et le brave homme peut avoir besoin de quelque service que sa vieille domestique ne pourrait pas lui rendre; et puis ça lui fait plaisir, quand sa goutte le force à tenir la chambre, d'avoir quelqu'un auprès de lui, et je tiens la place de celui que vous savez bien. Au moins je ne me grise pas chez M. Manuel, et il me lit quelquefois dans un gros livre des histoires où il est question de ces coquins de Juifs; je puis répondre que j'en ai rossé plus d'un en Pologne, mais je ne lui en dis rien. Sans adieu, Mademoiselle Cécile.

Le soleil brûlant du mois de juin venait de disparaître dans des flots de

nuages de couleur pourpre, et la brise
légère qui précède le soir se faisait
à peine sentir dans l'atmosphère em-
brasée. La feuille des arbres était languissante et flétrie, et les petits oiseaux, en battant de l'aile et le bec
entr'ouvert, se traînaient avec peine
au bord des fontaines. Les troupeaux
qui revenaient des champs chemi-
naient mornes et accablés en faisant
entendre de loin en loin un mugisse-
ment plaintif. Cependant quelques
étoiles qui paraissaient blanches dans
l'azur du ciel, scintillaient à l'horizon,
et peu à peu la brise plus fraîche vint
ranimer le paysage que nous avons
décrit au commencement de cette histoire. Cécile était seule à la croisée du
petit pavillon ; le vent jouait dans sa
chevelure, dont l'arrangement avait
été détruit par la chaleur ; ses yeux
étaient fixes, une légère pâleur couvrait son front, et ses lèvres étaient

à demi froissées par ce sourire qui
accompagne ordinairement les doux
rêves de l'espérance. Dans cette atti-
tude rêveuse, Cécile paraissait jouir
du spectacle merveilleux qui l'environnait en rappelant à sa mémoire les
révélations inespérées de Guillot. Elle
songeait à Édouard, et, plaçant la
main sur son cœur, elle s'occupait
de son prochain retour, elle s'abandonnait avec ivresse aux douceurs de
cette pensée. Immobile comme une
belle statue de l'école grecque, l'a-
mour respirait encore dans son silence passionné; mais, étrangère à
tout ce qui se passait autour d'elle,
elle n'avait point entendu le bruit des
pas de quelqu'un qui s'était approché
du pavillon ; elle n'avait point vu sa
tête dépasser les plus hautes branches
de la haie qui bordait le chemin. Ce
personnage s'était arrêté à quelque dis-
tance de la fenêtre; il examina quel-

que temps Cécile avec un intérêt mêlé d'admiration ; il retenait son haleine pour ne pas troubler une méditation qui semblait captiver tous les sens de la jeune fille, et à laquelle il espérait n'être point étranger : c'était Édouard !...

—Cécile ! Cécile ! dit-il enfin à demi-voix, ma chère Cécile !...

—Grand Dieu ! Édouard ! est-ce Monsieur Édouard ? s'écria-t-elle.

Édouard était déjà dans le pavillon, il s'était jeté aux genoux de Cécile ; il couvrait sa main de baisers brûlants en lui donnant les noms les plus tendres, et la jeune fille, prête à s'évanouir, était retombée sur un siége, dans l'ivresse de l'étonnement et de la joie.

—Est-ce bien vous que je vois ? reprit-elle quand ce paroxisme fut apaisé; est-ce bien vous ? après une si longue absence , une absence si cruelle... Édouard, que vous m'avez fait de mal !

— Ne me condamnez pas sans m'entendre, Cécile ; vous saurez bientôt lequel de nous deux a été le plus à plaindre ; mais enfin il est bien vrai que je reviens pour ne plus vous quitter, que je suis à vous, à vous pour toujours, Cécile.

— Pour toujours, Dieu du ciel !... Et ce n'est point un vain songe, c'est vous, Édouard, qui êtes auprès de moi, qui serrez ma main dans la vôtre ! c'est votre voix que j'entends !

— Oui, Cécile ; oublions le triste nuage qui avait passé sur notre amour, et livrons-nous maintenant à un espoir sans mélange. Dites-moi, Cécile, aviez-vous cessé de croire en moi ?

— Je dois l'avouer, Édouard ; je n'ai pu me défendre de quelques craintes ; ce n'était pas votre caractère qui pouvait me les inspirer, mais des

circonstances étranges... Pardonnez-
moi, Monsieur Édouard, si j'ose vous
faire une question :... mademoiselle
Althénaïs n'était-elle pas à ce bal qui
a duré si long-temps pour nous tous?

—Oui, Cécile, elle y était, dit
Édouard d'un ton grave; mais pourquoi cette particularité vous occupe-
t-elle? Une circonstance fâcheuse m'a-
vait peut-être fait mal juger le caractère de cette jeune dame, une autre
circonstance m'a mis en rapport avec
sa famille; c'est là un de ces évènements si ordinaires de la vie, et qui
ne mérite aucune attention.

—Il n'est pas toujours facile de juger aussi froidement les choses, Monsieur Édouard, dit Cécile étonnée des
précautions que prenait le jeune
homme pour lui expliquer un incident qu'il regardait cependant comme
si frivole.

—Cécile, reprit Édouard avec passion, vous êtes injuste envers moi : est-il une beauté dont les séductions puissent changer mon cœur, un cœur qui vous est dévoué? Tout ce que les grâces de l'esprit ont de plus décevant, tout ce que les charmes de votre sexe ont de plus attrayant ne saurait me séparer de celle qui fut ma première amie, qui sera mon seul amour.

— Édouard, vous me rendez la plus heureuse des femmes, s'écria Cécile; mais d'où vient que ces douces paroles ne peuvent bannir de mon esprit de fâcheux pressentiments ? d'où vient qu'en me donnant cette assurance, il y a dans vos regards quelque chose de triste et de pénible qui ressemble à l'expression du regret? Écoutez, écoutez, et pardonnez-moi, si, heureuse et fière de ce que je viens d'entendre, j'ai encore un désir dont je ne puis me rendre compte.

Oui, Édouard, depuis notre séparation, depuis le jour où vous me per-
mîtes de lire dans mon cœur en me
faisant connaître le vôtre, les tourments que j'ai éprouvés ne peuvent
ni se concevoir ni se décrire. Vous le
dirai-je? ce n'était pas votre absence
qui me tourmentait le plus; elle tenait une place dans mes chagrins,
mais il y avait un autre sentiment qui
pesait sur mon cœur d'une manière
plus douloureuse; à cette pensée déchirante et mystérieuse, ma respira-
tion devenait difficile, un nuage tom-
bait sur mes yeux, quelque chose de
froid semblait pénétrer mes sens...
O Édouard! l'idée de ne pas vous posséder est affreuse, mais celle que vous
puissiez être à une autre est plus affreuse encore; et tel était, je le crois,
le pénible tourment que j'endurais.

—Dieu m'est témoin, Cécile, répondit Édouard avec autant de cha-

leur que de sensibilité; Dieu m'est
témoin que je vous aime, que je
n'aime que vous sur la terre; et cependant, Cécile, ces pressentiments
mystérieux dont vous parlez ne vous
trompaient pas... Oh! rassurez-vous : si
les passions m'égarèrent un moment,
elles n'ont pu détruire en moi cet
amour pur et vrai que vous m'avez
inspiré. En buvant à leur coupe em-
poisonnée, le souvenir de notre liai-
son a parlé plus haut à mon âme,
mon égarement passager n'a pu m'en
faire abjurer l'innocence et la douceur. Oui, Cécile, que cet aveu honteux soit ma punition : un moment j'ai
été infidèle, un moment j'ai trahi la
sainteté du serment qui nous lie...
Oh! ne pleurez pas, ne détournez
pas de moi vos regards affligés; je
suis à vos genoux, Cécile, je les em-
brasse avec transport; laissez-moi,
laissez-moi tout vous dire. Vous avez

été vengée, Cécile, je ne pouvais vous trahir sans être puni : le remords s'est emparé de mon âme ; j'avais honte de moi-même, et je suis revenu vous demander le repos et le véritable bonheur. Cécile, ce n'est plus votre ami qui implore son pardon, c'est votre époux qui vient à vous ; oui, Cécile, votre époux, car désormais aucun obstacle ne viendra plus briser des nœuds qui furent le songe le plus doux de ma jeunesse.

Cécile, interdite et confuse, combattue, agitée par mille sensations tumultueuses, ne pouvait répondre à Édouard ; elle repoussait faiblement sa main, qui entourait sa taille, et les gonflements précipités de son sein, les sanglots qui étouffaient sa voix, attestaient les angoisses qu'elle éprouvait. Mais au travers des pleurs qui inondaient ses paupières elle ne put, sans ressentir une vive impression

d'indulgence et d'amour, contempler
un moment les traits nobles et at-
tendris d'Édouard, qui levait vers elle
des regards où se peignaient la douleur et le repentir.

—Non, non, dit-elle enfin avec
effort, non, Édouard, vous n'êtes pas
aussi coupable ; vous avez exagéré vos
torts afin d'éprouver la pauvre Cécile qui vous aime trop, qui a déjà
supporté tant d'humiliations pour
l'amour de vous, et qui mourrait de
douleur si vous la trompiez. Tromper ! Édouard, votre noble cœur en
est incapable ; n'est-ce pas que vous
ne m'avez préféré personne, ne fût-ce
qu'un instant ? n'est-ce pas que vous
ne m'avez pas oubliée ? Oh ! je le sais,
il y a près d'ici une colline où vous
alliez pour m'apercevoir, et mon cœur
ne me le disait pas !... J'aime mieux
croire à ces preuves de votre tendresse
qu'à de cruels pressentiments, quand

même, vous jouant encore de mes craintes frivoles, vous m'assureriez de nouveau de leur triste réalité.

. — N'écoutez que cette voix qui parle à votre cœur, Cécile ; oui, vous avez raison, que ce doux entretien ne soit plus troublé par d'amères réflexions. Laissez-moi m'enivrer du bonheur de vous revoir, de vous aimer, de vous le dire, ma Cécile bien-aimée.

— Vous ne vous absenterez plus, Édouard, vous n'irez plus à ces bals où l'on voit tant de choses qui peuvent troubler la raison et agiter le cœur. Non, vous ne nous quitterez plus, nous vous verrons tous les jours ; il y a ici tant de gens qui vous aiment, sans compter ce cœur qui ne bat que pour vous ! Ah ! croyez-moi, la douce satisfaction de rendre heureux tous ceux qui nous entourent peut remplacer tous les plaisirs.

Le bras d'Édouard entourait la taille
dé Cécile ; ses yeux parcouraient avec
le délire de l'enthousiasme et du bonheur les charmes naissants et les traits
enchanteurs de la jeune fille, dont la
confiance naïve ne repoussait plus les
pudiques caresses de son amant.

— Édouard, dit-elle en passant ses
doigts dans les cheveux du jeune homme, pourquoi ces boucles retombent-
elles sur votre front ? d'autres mains
que les vôtres ont touché à votre coiffure ; vous étiez mieux avant votre
voyage. Votre teint me semble ba-
sané, vos yeux...

— Ils vous regardent avec le même
amour, dit Édouard en l'interrompant.
Et vous, Cécile, vous n'êtes point
changée, cette légère pâleur que l'incarnat des roses commence à recou-
vrir, sied bien à la candeur de votre
visage ; vous avez toujours ce doux

sourire dont le souvenir remplissait
mon imagination...

— Finissez, finissez, flatteur!..
Que faites vous, Édouard?...

Un tendre baiser venait d'effleurer
ses lèvres charmantes ; elle s'était ar-
rachée des bras d'Édouard avec une
sorte de frémissement ; elle tremblait,
mais c'était de bonheur ; et tandis
qu'Édouard retenait une de ses mains
délicates, ses yeux brillants de tendresse et de joie semblaient lui pardonner son audace.

— Tuez le veau gras ! tuez le veau
gras ! comme dit M. le curé, notre
enfant est revenu, cria alors près du
pavillon une voix ferme et sonore qu'il
était impossible de ne pas reconnaître
pour celle de Jacques Bernard.

— Monsieur Édouard ! Monsieur
Édouard ! criait Guillot dans une autre partie de la ferme ; nous vous tenons, mon colonel ; et si vous désertez

encore, ce ne sera qu'avec moi, morbleu! Mais où donc est-il?... Pardon,
Monsieur Manuel, je vais vous rame-
ner le déserteur.

—C'est ici qu'il faut le chercher,...
reprit Bernard. Ah, ah! j'avais raison,
ajouta-t-il en entrant. Bonjour, Monsieur Édouard, bonjour, et je vais
vous parler tout à l'heure de la bonne
manière... Par ici, Guillot, par ici.

— Salut et respect, Monsieur
Édouard, dit le vétéran en portant
gravement la main à son bonnet. Mais
le jeune homme, après avoir répondu
en fils et en ami à l'accueil franc et
joyeux du bon fermier, serra plusieurs fois le vieux soldat sur son sein.

— C'est trop, c'est trop, mon cher
Monsieur, dit Guillot; vous allez passer au conseil de guerre; mais je crains
bien que vous ne soyez acquitté.

Mes bons amis, s'écria Édouard,
je suis maintenant le plus heureux

des hommes. Monsieur Bernard, à la vie et à la mort... J'ai bien des choses à vous dire.

— Touchez là, Monsieur Édouard, il fera jour demain, et il est l'heure de souper. Eh bien! Cécile, ne te l'avais-je pas dit?... Allons, prenez son bras, mon cher enfant, ne vous gênez pas. M. Manuel nous attend avec tous mes gars et quelques amis; nous allons voir, Monsieur Édouard, si vous méritez votre pardon.

— Bah! bah! dit Guillot, je vois une manœuvre, papa Bernard, qui va terminer l'affaire. Par file à gauche, en avant, marche! suivez le mouvement.

Le repas fut gai; et, malgré les avertissements de M. Manuel, Jacques Bernard et Guillot eurent quelque peine à quitter la table.

— Vous n'êtes pas ferme sur vos jambes, mon ancien, disait Guillot.

— Et toi, mon garçon, répondait Bernard, tu fais tête à gauche pour tête à droite.

Durant le souper on avait remarqué l'absence de Michel, et Cécile parut seule fort inquiète en apprenant qu'il était auprès de son ami Pierre Bertrand qu'une fièvre violente retenait, disait-on, au lit.

FIN DU TOME TROISIÈME.

ŒUVRES

DE

A. BARGINET,

DE GRENOBLE.

LES MONTAGNARDES, tradition dauphinoise, 4 vol. in-12.   12 f.

LA COTTE ROUGE, histoire dauphinoise du 17ᵉ siècle, 4 vol. in-12.   12 f.

LE ROI DES MONTAGNES, ou les **COMPAGNONS DU CHÊNE**, tradition dauphinoise du temps de Charles VIII, 5 vol. in-12.   15 f.

LES DEUX SEIGNEURS DU VILLAGE, histoire de ce temps, 4 vol. in-12.   12 f.

Sous presse.

LE GRENADIER DE L'ILE D'ELBE, épisode des cent jours, 2 vol. in-8.

LES AYNARDS ET LES ALLEMANS, légende historique des montagnes et de la vallée de Graisivaudan sous le règne du dauphin Humbert II, 4 vol. in-12.